名《めい》探《たん》偵《てい》カマキリと
5つの怪《かい》事《じ》件《けん》

ウィリアム・コツウィンクル
浅倉久志［訳］

ハリネズミの本箱

早川書房

名探偵《めいたんてい》カマキリと5つの怪事件《かいじけん》

TROUBLE IN BUGLAND
by
William Kotzwinkle

Translated by
Hisashi Asakura
First published 2002 in Japan by
Hayakawa Publishing, Inc.
This book is published in Japan by
arrangement with
Dunow & Carlson Literary Agency
through The English Agency (Japan) Ltd.

さし絵：串井てつお

J・アンリ・ファーブルに捧《ささ》げる

「ああ、わがいとしの昆虫《こんちゅう》たちよ……」

目《もく》次《じ》

カマキリ探偵《たんてい》

ノミ街《がい》の下宿屋《げしゅくや》にバッタ博士《はかせ》と住《す》む名《めい》探偵。愛用《あいよう》のパイプを口にくわえ、ずばぬけた推理《すいり》能力《のうりょく》で事件《じけん》をあざやかに解決《かいけつ》する。やせていて背《せ》が高く、その強い腕《うで》は格闘《かくとう》のときに活躍《かつやく》する。

バッタ博士《はかせ》

カマキリ探偵の友人で相棒《あいぼう》。本業《ほんぎょう》は医者《いしゃ》。背は低いが、自慢《じまん》のジャンプ力で跳《は》ねまわる。くいしんぼうでポップコーンにはとくに目がない。女性《じょせい》にはすこし弱い。

第一話　消《き》えたチョウの怪《かい》事《じ》件《けん》

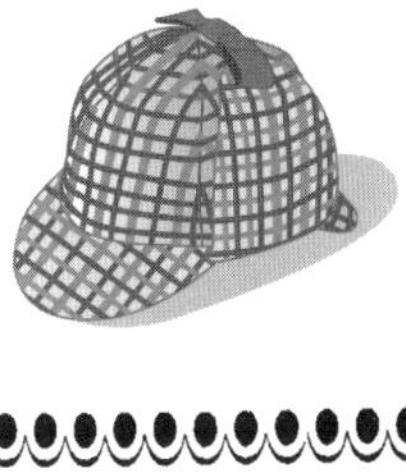

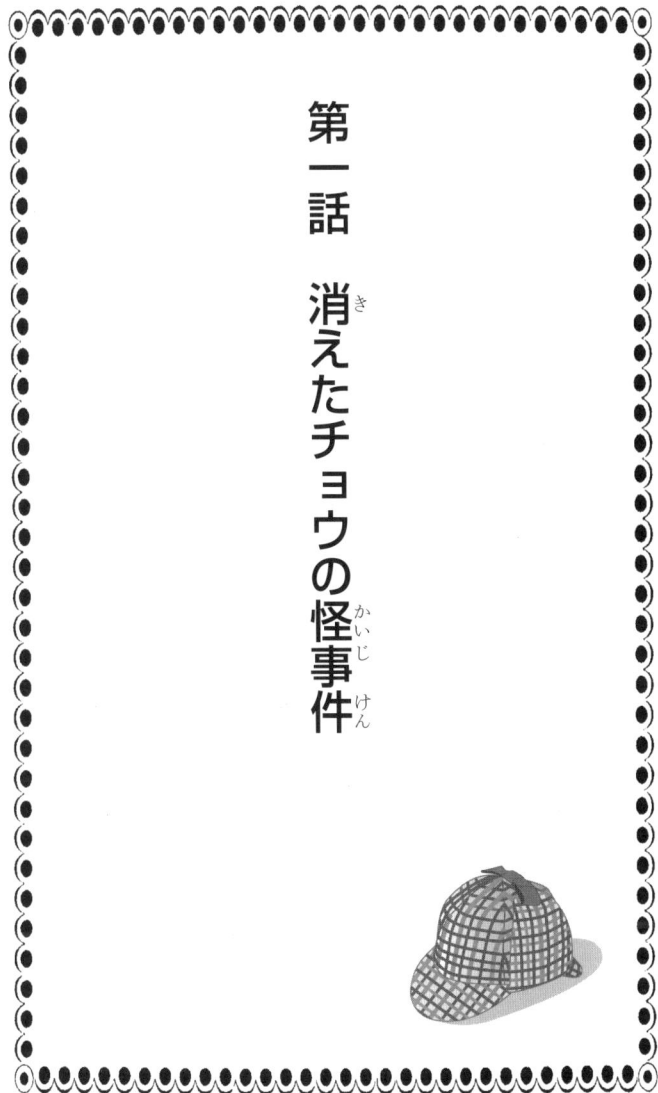

チョウのジュリアナ嬢《じょう》が行方不明《ゆくえふめい》になったという知らせを受けて、さっそくおなじみのふたり組が霧《きり》の中から現《あら》われた。片方《かたほう》は背《せ》が高くて、動《うご》きがゆっくりしている。もう片方は背が低《ひく》く、動きがすばしっこい。

「心配《しんぱい》で心配でたまらないよ」

そういったのは小さいほう、つまり、名探偵《めいたんてい》カマキリの忠実《ちゅうじつ》な助手役《じょしゅやく》をつとめるバッタ博士《はかせ》だ。長身《ちょうしん》で眼光《がんこう》の鋭《するど》いほう、どんな犯罪《はんざい》もあざやかに解決《かいけつ》するカマキリ探偵は、うず巻《ま》く霧の中でこうたずねた。

「ジュリアナ嬢はサーカスの軽業師《かるわざし》、そうだったね？」

「裸《はだか》ウマアブ乗《の》りの名手《めいしゅ》だよ」バッタ博士はステッキで軽《かる》く石畳《いしだたみ》をたたいた。「これまでサーカスのステージにおおぜいの軽業師が登場《とうじょう》したが、あれほど愛《あい》らしい美女はめったにいない」

「なるほど」カマキリ探偵《たんてい》は親友を横目《よこめ》で見やりながらたずねた。「それで、きのうは彼女《かのじょ》の曲芸《きょくげい》をたんのうしたわけか」

バッタ博士《はかせ》はびっくりしたように目を上げた。「おや、どうしてわたしがサーカスに行ったとわかる？」

「ズボンの折《お》り返《かえ》しにワラがひとすじ」そういってから、カマキリ探偵はバッタ博士のスカーフに手をふれた。「ここにはピーナッツのから」長い腕《うで》で相手《あいて》の口もとを指《さ》して、「口ひげには綿《わた》アメがくっついてるからね」

バッタ博士は顔をしかめると、身《み》だしなみをととのえた。

「まったく、いつもながらの名推理《めいすいり》だよ、カマキリくん。きみにわからないことなんて、なにひとつないみたいだな？」

「いやいや、わからないことはたくさんあるさ。まだまだたくさん」

そう答えてから、カマキリ探偵は急《きゅう》にだまりこんだ。彼《かれ》が長い腕をうしろに組んで歩いているのは、この事件《じけん》の謎《なぞ》をじっくり考えている証拠《しょうこ》だ。姿《すがた》を消したチョウは、ジュリアナ嬢《じょう》だけではなかった。ここしばらくのあいだに、何十もの美しいチョウたちがどこかへ雲がくれしたまま、さっぱり行方《ゆくえ》がわからないのだ。

カマキリ探偵《たんてい》のくわえたパイプからゆるやかに立ちのぼっていた煙《けむり》が、とうとう消《き》えた。通りをいくつも横切《よこぎ》ったが、探偵はまだ無言《むごん》だった。やがて、町はずれまでくると、前方《ぜんぽう》からサーカスのにぎやかな音楽が聞こえてきた。

「さてと、博士《はかせ》、きみは前にきたことがあるから、ここのようすにはくわしいだろう。道案内《あんない》をたのむよ」

いわれるままにバッタ博士は先に立って、広場を横切り、サーカスの大《だい》テントへ近づいた。ジュリアナ嬢《じょう》が最後《さいご》の曲芸《きょくげい》を演《えん》じた舞台《ぶたい》だ。そこでふたりを迎《むか》えたのは、このサーカスの団長《だんちょう》で、P・T・バナナムシと名乗《なの》っているツマグロオオヨコバイだった。

「いやはや、まいった、ほんとうに」いいながら、バナナムシは四本の手をにぎりしめた。

「なにしろ、ジュリアナ嬢は当《とう》サーカスのトップ・スターなんでね！」

「お気持ちはよくわかりますよ」と博士がいった。「彼女《かのじょ》はすばらしい軽業師《かるわざし》です」

P・T・バナナムシはカマキリ探偵に進《すす》みよると、いどみかかるようにたずねた。「ほんとに見つけてくれるんでしょうな？」

「ベストをつくしますよ」カマキリ探偵の目は、早くも中央ステージに向けられていた。円形《えんけい》のステージのいちばん遠くの一点を指《ゆび》さして、「ぼくの見たところ……あそこですな、彼女がさらわれたのは」

P・T・バナナムシは驚《おどろ》いて眉《まゆ》を上げた。「どうしてわかる？」

「もっとくわしく調《しら》べてみたいんですが、よろしいかな？」

返事《へんじ》を待《ま》たず、カマキリ探偵《たんてい》はオガクズを敷《し》きつめた円形《えんけい》のステージへ近づいた。

P・T・バナナムシはバッタ博士《はかせ》に向きなおった。

「事件《じけん》が起《お》きたのはショーの真《ま》っ最中《さいちゅう》。とつぜんライトが消《き》えたんだよ。つぎにぱっとついたら――もうジュリアナ嬢《じょう》は影《かげ》も形もない！」

「じつに嘆《なげ》かわしい話ですな」

バッタ博士はステージを見つめた。きのう、ここでジュリアナ嬢の曲芸《きょくげい》を見たばかりだ。よくしこまれたウマアブたちの背《せ》で、彼女《かのじょ》が巧《たく》みにバランスをとるところを。いま、そのステージは悲《かな》しいほどにからっぽ。そこにいるのは、虫めがねを手になにかを調べているカマキリ探偵だけだった。

「お連《つ》れはあそこでなにをしているんだろう？」とバナナムシがたずねた。

「あれが彼独特《かれどくとく》のやりかたですよ」バッタ博士は答えた。「あの男のことだ、きっともうなにかを発見《はっけん》したはずです」

カマキリ探偵《たんてい》が背《せ》をのばし、虫めがねをポケットにしまいこんだ。

「どうだね？」

バナナムシは神経質《しんけいしつ》に体のわきで鞭《むち》をピシピシと鳴《な》らしながらたずねた。まるでカマキリ探偵が、この一座《いちざ》きっての気まぐれで扱《あつか》いにくい暴《あば》れ者《もの》であるかのように。

「バナナムシさん、きょうはこれでおいとまします。だいじょうぶ、今夜もふだんどおりにサーカスの興行《こうぎょう》をおやりなさい。それと、この一座にまだほかのチョウがいるなら、気をつけて、目を離《はな》さないようにすることですね」

カマキリ探偵は出口へ向かい、バッタ博士《はかせ》はそのあとにつづいた。博士はじれったそうにたずねた。「なあ、カマキリくん。なにが見つかったんだい？」

「ジュリアナ嬢《じょう》をさらっていったのは、サシガメ一味《いちみ》だよ。やつらが残《のこ》した痕跡《こんせき》は、あのステージのいたるところにある。それにこの戸口《とぐち》にも」

「ちょっと待《ま》ってくれ。なにかねばねばしたものが靴《くつ》にくっついた」

「それなんだよ」そう答えて、カマキリ探偵は博士が靴をぬぎおわるのを待った。それから、靴のかかとを指《ゆび》さした。「きみがいま踏《ふ》んづけたそのねばねばは、じつに風変《ふうが》わりな物質《ぶっしつ》でね、それを分泌《ぶんぴつ》するのはある種《しゅ》のサシガメだけだ。ねばねばにゴミがくっついてるだろう？　これ

もサシガメの特徴《とくちょう》。彼《かれ》らの体には、どこへ行ってもゴミがくっつく。こんどの場合《ばあい》、それはサーカスのステージにまかれたオガクズだった。そのおかげで、彼らはだれにも気づかれずにステージの真《ま》ん中《なか》まで入りこめたんだよ。つまり、オガクズのかたまりにしか見えなかったからだ。そこで彼らはおそいかかった」

バッタ博士《はかせ》は靴《くつ》ひもを結《むす》びなおした。

「でも、なぜやつらはジュリアナ嬢《じょう》をさらっていったんだい？　チョウの軽業師《かるわざし》をどう利用《りよう》しようというんだろう？」

「まったく言語道断《ごんごどうだん》な利用法《ほう》だよ。われわれがこれまでに扱《あつか》ったどんな犯罪《はんざい》もくらべものにならないほどの、残酷《ざんこく》きわまるやりくちだ」カマキリ探偵《たんてい》は湿《しめ》った風から身《み》を守ろうと、マントのえりを立てた。「さあ急《いそ》ごう、博士。この事件《じけん》の手がかりが、時間という風に吹《ふ》きとばされてしまわないうちに」

虫馬車《むしばしゃ》がガタゴトと音をたてながら進《すす》んでいく。そこはこの都市《とし》の中でもいちばんぶっそうな界隈《かいわい》だった。新顔《しんがお》は歓迎《かんげい》されないし、安全《あんぜん》でもない。どこの戸口《とぐち》にも不気味《ぶきみ》な影《かげ》がひそみ、どの街角《まちかど》にもぶっそうな感《かん》じがただよっている。やがて虫馬車がとまると、まずバッタ博士《はかせ》が用心深《ようじんぶか》い足どりで降《お》りた。

「なあ、カマキリくん、いったい、こんな場所《ばしょ》へどうしてもこなくちゃならない理由《りゆう》があるのか？」不安《ふあん》そうにあたりを見まわしながら、そうたずねた。

「ぼくはこの酒場《さかば》で顔がきく」カマキリ探偵《たんてい》はパイプの柄《え》で酒場のドアを示《しめ》した。「だれもわれわれにからんではこないよ」

バッタ博士はしっかりとステッキをにぎりしめ、カマキリ探偵のあとからその酒場に入った。まわりでは抜《ぬ》き身《み》の短剣《たんけん》がぎらぎら光っている。しかし、カマキリ探偵は落《お》ちつきはらって混雑《こんざつ》をかきわけ、片隅《かたすみ》のテーブルをえらんだ。

「らくにしてくれ、博士。しばらくここで腰《こし》をすえることになるから」

「この店はどうも気に入らないな」バッタ博士は腰をおろすと、まだ財布《さいふ》が無事《ぶじ》なのをそっとたしかめた。もうすでに掏《す》られていても、ふしぎではなかった。

「ここはごろつきのたまり場《ば》だ」ほうぼうのテーブルをかこんでいるひと癖《くせ》ありげな客《きゃく》たちを、探偵《たんてい》はひややかに見まわした。「しかし、ときにはごろつきも役《やく》に立つ」

キッチンにつながるスイングドアのむこうから、ウエイターが現《あら》われた。できたての料理《りょうり》と飲み物を四本の腕《うで》にいくつものせ、腹《はら》をすかせてふきげんな客たちに配《くば》っていく。やがてウエイターは向きを変《か》えると、すべるように新しい客のテーブルへやってきた。

「こんばんは、探偵さん」ウエイターはとってつけたような笑顔《えがお》をカマキリ探偵に向けた。

「今夜はどういうご用件《ようけん》で？　いつもはだれかを探《さが》しになさるようだが」

「いつもはね」カマキリ探偵はパイプの火皿《ひざら》をさすった。「バラの蜜《みつ》を二杯《はい》と、蜂《はち》パンを一皿《ひとさら》たのむ」

ウエイターが不気味《ぶきみ》なすり足でひきさがるのを待《ま》って、バッタ博士《はかせ》はテーブルごしに、やせてとがった親友の顔を見つめた。

「カマキリくん、よくこんな店で物を食う気になれるな。あきれたもんだ」

「今夜はまだ先が長いよ、博士。それに、もしぼくの見当《けんとう》ちがいでなければ、これからかなり遠出《とおで》をすることになる。食べられるうちに食べておいたほうが賢明《けんめい》だ」

酒場《さかば》の窓《まど》の外にたちこめていた霧《きり》が、やがてこぬか雨《あめ》に変《か》わった。ランプの火は燃《も》えつづけ、たえず客《きゃく》が入《い》れ替《か》わる。カマキリ探偵《たんてい》は出された料理《りょうり》をちょっとつまんだだけで、じっと考えこんでいる。バッタ博士《はかせ》はとうとう腹《はら》をきめた。この蜂《はち》パンの皿《さら》は、ひとりで平《たい》らげるしかなさそうだ。「おい、カマキリくん、どうした？　永久《えいきゅう》にここへ居《い》すわるつもりかい？」さっきからぴくりとも動《うご》かない親友に、そう声をかけた。

「まさか」とつぜん目がさめたかのように、カマキリ探偵は答えた。「見ろ、あそこに手がかりのひとつが」言葉を切って、戸口《とぐち》のほうにあごをしゃくった。いかにも悪党《あくとう》づらをしたダニが、重《おも》そうなカバンをかかえて酒場に入ってきたところだ。

「それで、やつはどんなうしろ暗《ぐら》い商売《しょうばい》をしているのかな？」影《かげ》の中をこそこそ歩きまわるダニの動きを目で追《お》いながら、バッタ博士はたずねた。

「やつは毒薬《どくやく》の売人《ばいにん》だよ、博士。医者《いしゃ》のきみならその名をよく知っているような毒薬のね」

「毒薬？　なるほど、この酒場なら、そんな商売が行なわれていてもふしぎじゃない」

「そうとも。だから、ここへやってきたのさ」

「しかし、その毒薬とジュリアナ嬢《じょう》のあいだにどんな関係《かんけい》が？」

「あらゆる関係だよ、親愛《しんあい》なるバッタくん。ありとあらゆる関係だ」

カマキリ探偵《たんてい》はテーブルにひじをついて身《み》を乗《の》りだし、毒薬《どくやく》売りのやりくちをおもしろそうにながめた。ダニの商売《しょうばい》は繁盛《はんじょう》しているようすで、コルク栓《せん》のついた小《こ》びんをカバンからつぎつぎにとりだしている。そして、恐《おそ》ろしい商品《しょうひん》とひきかえに、うしろ暗《ぐら》い客《きゃく》たちから、たんまり金をせしめているらしい。

「そこのきみ」カマキリ探偵が冷静《れいせい》な声でむぞうさに呼《よ》びかけた。

呼ばれてダニはふりむいた。「お客さん、ひとこと断《こと》わっとくがね」テーブルへにじりよると、黒いカバンをカマキリ探偵の前においた。「おれの商品は命《いのち》にかかわるしろものばかりだぜ」

探偵は身を乗りだした。「それならシアン化《か》水素《すいそ》はあるか？」

「あるある。こいつは新商品だ」ダニはにやりと笑《わら》い、カバンに手をつっこむと、きらきら光る小びんをテーブルの上においた。「ほかにお望《のぞ》みの品《しな》は？」にやにや笑いのまま、ダニはたずねた。カマキリ探偵から金を受けとって、目がぎらついてきたようだ。

「心臓《しんぞう》に作用《さよう》する毒がほしい。もし手持《ても》ちがあるなら」

「あるともさ」ダニはまたカバンの中をひっかきまわし、きらきら光るべつの小びんをとりだした。「いちばん強力なカルデノリド。ウマでも殺《ころ》せるぜ」

　バッタ博士《はかせ》は居心地《いごこち》わるそうにイスの上でもじもじした。この毒薬《どくやく》の売り手にはいやな体臭《たいしゅう》がある。テーブルの上で毒々《どくどく》しく光る恐《おそ》ろしい商品《しょうひん》は、それ以上《いじょう》に不快《ふかい》だ。だが、カマキリ探《たん》偵《てい》の買い物はまだ終わらない！

「ストリキニーネは？」

「これまた新商品」ダニはまたカバンの中をさぐった。「あんた、まったくいいときにきたよ」きらきら光る三本目の小《こ》びんがテーブルにおかれた。

「すばらしい」カマキリ探偵は三本の小びんをマントの中へしまいこんだ。「探《さが》していたものがぜんぶそろった」

「またほしくなったら、この店へきな。おれに会えるから」ダニは黒いマントで体を包《つつ》むと、混雑《こんざつ》をかきわけて戸口《とぐち》へ向かった。

「よし」カマキリ探偵はすばやく立ちあがった。「博士、追跡開始《ついせきかいし》だ」

　ふたりが急《いそ》いで酒場《さかば》を出ると、外は霧雨《きりさめ》で、ダニがちょうど通りかかった虫馬車《むしばしゃ》に乗《の》りこむところだった。探偵は長い腕《うで》を上げて、つぎにやってきた虫馬車を呼《よ》びとめ、前の車を追《お》ってくれ、と御者《ぎょしゃ》に命《めい》じた。

「しかし、どこにつながりがあるんだね、カマキリくん？」バッタ博士は山高帽《やまたかぼう》にくっついた雨粒《あまつぶ》をふりはらい、虫馬車《むしばしゃ》の座席《ざせき》に腰《こし》をおろした。「あの毒売《どくう》りのダニが、どこでジュリアナ嬢《じょう》と結《むす》びつくんだ？」

「かよわいチョウチョウか」カマキリ探偵《たんてい》がひとりごとのようにつぶやいた。

「そう、そのとおり」バッタ博士《はかせ》はすかさずあいづちを打った。「あわれな、かよわいチョウ
チョウが餌食《えじき》にされる。いったいだれがそんなことを」

「だがね、博士、ほんとにチョウは無力《むりょく》だろうか？」カマキリ探偵は急《きゅう》に体を起《お》こした。「よく考えてくれ。チョウはどうやって自分の身《み》を守る？」

「えーと」バッタ博士はステッキの柄《え》でひたいを軽《かる》くこづきながら、しばらく考えた。「おそらく、羽に描《えが》かれた、あの大きい目玉模様《めだまもよう》だろう。あれはタカや、ネコや、そんな大きな生き物の目玉そっくりに見える。小鳥たちもチョウを食べそうなものだが、羽の模様を怖《こわ》がって近づかない。こんな答えでいいかな？」

「うん。しかし、チョウにはもうひとつ、身を守る手段《しゅだん》がある。それは……」

「毒だ！　なるほど、そうだったのか」思わず博士はステッキの柄でもう一度自分の頭をたたいた。こんどは力がこもりすぎてあやうく目を回すところだったが、興奮《こうふん》しているので痛《いた》さは感《かん》じなかった。「チョウの体内《たいない》には毒が含《ふく》まれている。そのため、小鳥はチョウを食べようと

しない！　それだ！」

「そうだよ、博士《はかせ》、そのとおりだ。おまけに、その毒《どく》とは……」

「シアン化水素《かすいそ》、カルデノリド、それにストリキニーネ」

「さて、その三つを売っていたのが、前の虫馬車《むしばしゃ》に乗《の》ったダニなんだよ」探偵《たんてい》は窓《まど》の外へそっと頭をのぞかせた。「やつの今夜の商売《しょうばい》はすんだ。カバンの中身《なかみ》はからっぽだ」

　前の車がとまった。カマキリ探偵とバッタ博士は顔を隠《かく》し、ゆっくりとそのそばを通りすぎた。ダニが黒いマントを風にひるがえして、車から降《お》りるところだ。通りに降り立つと、ダニは暗《くら》い家《いえ》なみのかげにすばやく姿《すがた》を消《け》した。

　カマキリ探偵は御者《ぎょしゃ》のうしろの窓をたたき、虫馬車がとまったときには、すでにステップに足をかけていた。バッタ博士もそのあとにつづいた。さっきまでふたりのいた界隈《かいわい》よりはいくらかましだが、このあたりもやはり危険《きけん》なにおいがする。またもや霧《きり》がわいてきて、街路《がいろ》はおぼろにかすんだ。

「こっちだ」

　カマキリ探偵が小声《こごえ》で呼《よ》びかけ、バッタ博士は親友のあとにくっついて、両側《りょうがわ》を建物《たてもの》にはさまれた細い路地《ろじ》を歩きだした。上のほうのどこかにある雨樋《あまどい》から水がポタポタたれてくる音をべつにすれば、路地《ろじ》は静《しず》まりかえっている。探偵《たんてい》は足もとを指《ゆび》さした。ダニの残《のこ》した足跡《あしあと》がかすかに見わけられる。足跡は路地をぬけ、その先の大きな中庭《なかにわ》までつづいていた。

だが、中庭はからっぽだった。たったひとつの明かりが、煙《けむり》のように濃《こ》いもやをすかして弱い光を投《な》げかけていた。バッタ博士《はかせ》は鼻にしわをよせ、ひそひそ声《ごえ》でいった。

「ねえ、カマキリくん。このいやなにおいはなんだろうな？」

「それが手がかりだよ、博士」

すばやく中庭を横切《よこぎ》るあいだに、カマキリ探偵はふと足をとめて空気のにおいをかいだ。バッタ博士も鼻をひくつかせ、そして思いだした。あの毒《どく》売りもこれとよく似《に》たにおいを発散《はっさん》させていた。しかし、これほど濃厚《のうこう》でもなく、これほど不快《ふかい》でもなかった。このすさまじい悪臭《あくしゅう》は、いったいどこからやってくるのだろう？

「見たまえ」探偵はそういって、目の前の戸口《とぐち》の表札《ひょうさつ》を指さした。こう書いてある。

〈A・カメムシ邸《てい》〉

「ここへ入るのか？」バッタ博士が鼻をおおうハンカチをとりだそうとしたとき、カマキリ探偵がさっと長い腕《うで》を伸《の》ばし、博士を建物《たてもの》の影《かげ》の中へひきよせた。

戸口《とぐち》がひらいた。さっきの毒売《どくう》りが中から出てきた。カバンがまたいっぱいにふくらんでいる。ふたりの目の前で、ダニは薄明《うすあ》かりに照《て》らされた中庭《なかにわ》を通りぬけた。その足音が聞こえなくなるのを待って、探偵《たんてい》は窓《まど》ぎわに身《み》をかがめた。ポケットケースから細長《ほそなが》い道具をとりだすと、それを使《つか》って窓の掛《か》け金《がね》をはずし、そうっとガラス窓を持ちあげた。

とたんに猛烈《もうれつ》な悪臭《あくしゅう》。バッタ博士《はかせ》はあやうく失神《しっしん》しそうになり、うしろへよろめいた。先に入ったカマキリ探偵は、ハンカチを鼻にあてがおうとする博士の腕《うで》をつかんで、うむをいわせず窓の中へひっぱりこんだ。

「まったく、なんてひどい場所《ばしょ》だ」その猛烈《もうれつ》な悪臭は、まわりの壁《かべ》そのものからにじみ出てくるように思える。博士はよろよろと歩きだした。

「やつはこの中にいる……」探偵がドアの下から細くもれた明かりを示《しめ》した。

ふらつく体をステッキで支《ささ》えた博士のかたわらで、探偵はノブをまわした。ドアがギーッとあいた。ドアのむこう、部屋の中央にすわっているのはA・カメムシ。キャベツ・スープの夕食をとっているところだ。

「何者《なにもの》だ、きみたちは？」

口へ運《はこ》びかけたスプーンをとちゅうでとめ、カメムシが不審《ふしん》そうにたずねた。

この部屋の悪臭《あくしゅう》は、キャベツ・スープから出ているのか、カメムシ自身から出ているのかよくわからないが、たえられないほど強烈《きょうれつ》だった。バッタ博士《はかせ》は頭をかかえ、そばのイスにへたりこんだ。カマキリ探偵《たんてい》もふらついてはいたが、なんとか口をひらいた。「その質問《しつもん》はこっちがしたいね」

「わたしか？　わたしはA・カメムシだ」

「毒薬《どくやく》の卸《おろ》し商《しょう》だろう」悪臭で目が涙《なみだ》にかすんできたが、カマキリはぴしゃりといった。

「きみ、顔色《かおいろ》がわるいぞ。気付《きつ》け代《が》わりに、こいつをひとしずく、さしあげようか？」A・カメムシが指《ゆび》さしたのは、栓《せん》をしたびんだった。

「ひとしずくでばったりだ！」探偵はよろよろとテーブルのへりにつかまり、びんの中の怪《あや》しげな液体《えきたい》に目をこらした。

「ふたしずくかな。きみほどの身長のある男なら」A・カメムシが微笑《びしょう》した。

「残念《ざんねん》だが……」いいかけて、カマキリ探偵は一歩あとへさがった。長い足がいまにもくず折《お》れそうだった。「……そろそろおいとまする」

「もう？」A・カメムシはイスから立ちあがった。「しかし、きみたちは毒薬のことで相談《そうだん》にきたんじゃないのかね？」

「いずれ、日をあらためて」探偵《たんてい》は息《いき》をつまらせ、激《はげ》しく咳《せ》きこみながら、なかば意識《いしき》のない博士《はかせ》を外へひきずりだした。

A・カメムシは笑《わら》った。「このささやかな屋敷《やしき》のどこがお気に召《め》さなかったのかな？　おふたりとも、鼻を押《お》さえておられるようだが」

カマキリ探偵とバッタ博士はやっと戸口《とぐち》へたどりつき、酔《よ》っぱらいのような足どりで中庭《なかにわ》へころがり出た。そのうしろでA・カメムシがばたんとドアをしめた。冷《つめ》たい夜風《よかぜ》をたっぷり吸《す》いこむと、ようやくふたりとも頭がはっきりしてきた。

「まったくもう」とバッタ博士がいった。

「思いだしても胸《むな》くそがわるくなる。しかも、なにひとつ収穫《しゅうかく》がない」

「いや、その逆《ぎゃく》だよ、博士《はかせ》」とカマキリ探偵《たんてい》がいった。「これでチョウのジュリアナ嬢《じょう》の行方《ゆくえ》がつかめた」

「ほんとか？」驚《おどろ》きに口ひげをふるわせながら、バッタ博士は連《つ》れの顔を見あげた。

「そうとも、博士、これでわかった。中庭《なかにわ》にも、家の中にも、小さい手がかりがいっぱいだ。これもそのひとつ」探偵は小さい緑の葉を博士の前にさしだした。

「え？　これはなんだね？」

「ハーブだよ、博士。タイムというハーブだ。A・カメムシの家まで大量《たいりょう》の毒薬《どくやく》を運《はこ》んできたのが何者《なにもの》であるにせよ、そいつはタイムの生《お》い茂《しげ》る土地からやってきたにちがいない」

「なるほど」バッタ博士はめがねをかけ、タイムの緑の葉をしげしげとながめた。

「わかるかい？」とカマキリ探偵がつづけた。「乾《かわ》いた砂地《すなじ》の土がハーブにくっついているだろう？」

「うん、たしかに」

「こんな土を、われわれも見たことがあるじゃないか、博士。そう、ここからずっと南、グレープリーフの古いぶどう園《えん》さ。いまじゃだれも寄《よ》りつかない、荒《あ》れ果《は》てた土地だ」

「で、きみはジュリアナ嬢《じょう》があそこに捕《と》らえられていると思うのか？」

「確信《かくしん》がある。さあ、この虫めがねでのぞいてみたまえ」と、カマキリ探偵《たんてい》はバッタ博士《はかせ》にさしだした。「砂《すな》に混《ま》じってきらきら光る、七色《なないろ》の粉《こな》が見えるだろう？」

「見える」

「それはチョウの羽から落《お》ちた鱗粉《りんぷん》だ」

「まさか……いや、ほんとうだ！」博士は顔を上げた。目が興奮《こうふん》にきらめいている。

カマキリ探偵は微笑《びしょう》した。「さっきの屋敷《やしき》の主《ぬし》、A・カメムシ氏《し》は、自分の悪事《あくじ》を完全《かんぜん》に隠《かく》しおおせたつもりでいる。だが、このきらきらした七色の鱗粉は、あの邸内《ていない》のいたるところに落ちていた――テーブルクロスの上にも、敷物《しきもの》の上にも。それに、きっとあのキャベツ・スープの上にも浮《う》いていたにちがいない」

「しかし、これはすごいよ、カマキリくん！　これで事件《じけん》は解決《かいけつ》だな！」

「いや、まだまださ、博士。これからわれわれは、あの荒《あ》れ果《は》てたぶどう園《えん》に巣《す》くう悪党《あくとう》と対決《たいけつ》しなくてはならない。むこうは、われわれがこれまでに出会ったどんな相手《あいて》よりもはるかに手ごわい強敵《きょうてき》だよ」

「いったいだれなんだ？」博士は虫めがねを返《かえ》した。不安《ふあん》のこもった疑問《ぎもん》がその目に浮かんでいた。

「大毒《おおどく》グモのタランチュラさ」カマキリ探偵《たんてい》は答えて、両腕《りょううで》をうしろで組んだ。

そのあと、親友のふたりは無言《むごん》で歩きつづけた。霧《きり》に包《つつ》まれた街路《がいろ》にこだまするのは、ふたりの靴音《くつおと》だけになった。その靴音がめざすつぎの対決《たいけつ》の場は、恐《おそ》ろしい魔物《まもの》のひそむ、暗《くら》くて危険《きけん》きわまりない土地だった。


列車《れっしゃ》はひと晩中《ばんじゅう》ゴットンゴットンと走りつづけた。バッタ博士《はかせ》は座席《ざせき》にすわり、窓《まど》にもたれてゆられながら居眠《いねむ》りをしている。カマキリ探偵は旅行用《りょこうよう》のチェス盤《ばん》をひざにのせ、ひとり勝負《しょうぶ》をたのしんでいた。いつもなにかしら問題《もんだい》を解《と》いていないと気のすまないたちなのだ。王手《チェック》をかけるために騎士《ナイト》の駒《こま》を動《うご》かそうとしたとき、汽笛《きてき》がひびいて、客車《きゃくしゃ》がガタンとゆれた。駒がつぎつぎにチェス盤の上に倒《たお》れ、彼《かれ》のマントの上にこぼれ落《お》ちてきた。

「さあ、さあ、博士」カマキリ探偵は散《ち》らばった駒を拾《ひろ》い集めて、小箱《こばこ》にしまった。「到着《とうちゃく》したようだぞ」

「うん？」バッタ博士は眠そうな顔で相手《あいて》を見あげ、伸《の》びをしてから立ちあがった。「いま、夢《ゆめ》を見ていたよ。ジュリアナ嬢《じょう》の夢を」

カマキリ探偵《たんてい》が先に通路《つうろ》へ出た。「教えてくれ、夢《ゆめ》の中で彼女《かのじょ》はどうしていた？」

「いつもの曲芸《きょくげい》さ。跳《は》ねまわるウマアブたちの背《せ》に乗《の》って」

「ほんとうにそうなればいいがね」探偵はそういいながら、列車《れっしゃ》のステップから、プラットホームに降《お》りた。「しかし、われわれを待《ま》ちうけているのは、そんなたのしい夢じゃなくて、悪《あく》夢《む》のような気がするよ」

「ジュリアナ嬢《じょう》を救《すく》うためなら、わたしはどんな危険《きけん》もおかす覚悟《かくご》だ」バッタ博士《はかせ》はきっぱりといいきった。

「では、きみにたのみがある。すぐさまここからいちばん近い貴金属商《ききんぞくしょう》を探《さが》して、最近《さいきん》だれかが金粉《きんぷん》を売りにこなかったか、もし売りにきたなら、どこからやってきたかを調《しら》べてほしい。一時間後にこの駅《えき》でおちあおう」

「で、きみはどこへ行くんだ、カマキリくん？」

しかし探偵は答えずにさっさとすでに歩きだしながら、肩《かた》ごしにこうさけんだ。「急《いそ》いでくれ、博士。ジュリアナ嬢の命《いのち》がかかっているんだぞ！」

バッタ博士は、バネのきいた後脚《あとあし》が出せるかぎりのスピードでその場をあとにした。まもなく〈貴金属商　コガネムシ〉の看板《かんばん》が見つかり、さっそく店内《てんない》に入った。

天秤《てんびん》の前にすわったコガネムシが顔を上げた。「いらっしゃい」

「いまあなたが目方《めかた》を量《はか》っているのは金粉《きんぷん》ですか？」と博士《はかせ》はたずねた。

「売るのかね、買うのかね？」コガネムシがせっかちにきいた。

「いや、どちらでもないが」

「じゃ、商売《しょうばい》のじゃまをせんでくれ」コガネムシは天秤に目をもどした。

バッタ博士はカウンターの上に帽子《ぼうし》とステッキをおいた。「ことによっては、買うかもしれませんよ」金粉を指《ゆび》さして、「これはどこで採取《さいしゅ》されたものですかな？」

「あんたの知ったこっちゃない」とコガネムシは答えた。

うしろでドアがあいたが、バッタ博士はわざと知《し》らん顔《かお》で、金貨《きんか》のショーケースの前にかがみこみ、夢中《むちゅう》になって見とれているふりをした。その姿勢《しせい》のまま、戸口《とぐち》を横目《よこめ》でうかがっていると、一対《いっつい》の脚《あし》が視野《しや》に入ってきた。脚のかっこうはよくわからない。オガクズや、砂《すな》や、タイムの緑の葉っぱが、一面《いちめん》にくっついているからだ。

コガネムシの大声のあいさつが聞こえた。「やあ、こんばんは。いらっしゃい」

バッタ博士はちょっと目を上げた。新しい客《きゃく》は、全身《ぜんしん》ゴミまみれの男だ。

「こいつを売りたい」そのみすぼらしい男は低《ひく》くざらついた声でそういうと、重《おも》そうな袋《ふくろ》をコガネムシのカウンターにどさっとおいた。

「それなら当店《とうてん》がいちばんですよ」コガネムシはそう答え、その袋《ふくろ》を天秤《てんびん》の皿《さら》にのせた。「旅《たび》はいかがでしたな？」

ゴミまみれの虫は、そでにくっついた泥《どろ》と川苔《かわごけ》を指《ゆび》さした。「やけに川が荒《あ》れてやがるぜ。もうちょいで橋が流《なが》されるところだった。おれを道連《みちづ》れにしてよ」

「橋が流される？」バッタ博士はさりげなくショーケースから目を上げた。「どこの橋ですか？　できれば、そこを通りたくないので」

相手《あいて》はふきげんに答えた。「立《た》ち枯《が》れ通《どお》り。ふたまたに分かれた道を右に行ったとこだ」よごれたそでをまたつまみながらいった。「せっかくの上物《じょうもの》の服《ふく》がだいなしときやがる」

「どうもありがとう」バッタは戸口《とぐち》へ向かった。「せいぜい気をつけます」

さあ、たいへんだ、急《いそ》がなくては！

宙《ちゅう》を飛《と》ぶような勢《いきお》いで、博士は駅《えき》をめざした。まだ駅にたどりつかないうちに、うしろから走ってきた虫馬車《むしばしゃ》が真横《まよこ》にとまり、中からカマキリ探偵《たんてい》が身《み》を乗《の》りだして、彼《かれ》をひっぱりあげてくれた。

「ああ、カマキリくん。いたよ、いま金粉《きんぷん》を売りにきた客《きゃく》が……」

「立《た》ち枯《が》れ通《どお》りからきたやつだろう」カマキリが静《しず》かにいった。「川の向こうの」

「きみにそれを教えたのは、ゴミまみれの男か？」

「サジガメ一味《いちみ》はこの不幸《ふこう》な町のいたるところにはびこっている。やつらの体はゴミまみれ、やつらの良心《りょうしん》は犯罪《はんざい》まみれだ。しかし、やつらはたんなる手先《てさき》にすぎない。われわれの真《しん》の敵《てき》はこの先にいる」

カマキリ探偵《たんてい》がパイプの柄《え》で前方《ぜんぽう》を示《しめ》すのと同時に、虫馬車《むしばしゃ》は町の外に出た。いま虫馬車がたどっている道は、枯《か》れて腐《くさ》ったぶどうのつるにおおわれていた。道ばたには、一枚《まい》も葉のないぶどうの木の枝《えだ》が、悲《かな》しげに垂《た》れさがっている。虫馬車はでこぼこだらけのいなか道《みち》をときどき跳《は》ねあがりながら、ガタガタ走りつづけた。車輪《しゃりん》の軸《じく》が不気味《ぶきみ》にきしんだ。

「あそこで道がふたまたに分かれているぞ」カマキリがいった。

「あれだな、問題《もんだい》の橋は」

御者《ぎょしゃ》が窓《まど》をあけ、ぐらぐらゆれている橋に鞭《むち》の先を向けて、ふたりに呼《よ》びかけた。「あの橋を渡《わた》るのはごめんこうむりますぜ」

カマキリ探偵は虫馬車の戸をあけた。「ここから先は歩きになる。しかし、敵の居場所《いばしょ》はそう遠くない。見たまえ、ぶどうの木に混《ま》じってなにが生《は》えているかを」

「タイムだ」博士《はかせ》が葉を一枚《まい》ちぎりとってそういった。

御者《ぎょしゃ》が大声でふたりにたずねた。「おふたりはどなたをお探《さが》しで？」

「タランチュラだ」とカマキリ探偵《たんてい》は答えた。

それを聞いたとたん、御者はぐいと車の向きを変《か》えて、ウマアブたちに鞭《むち》をあてると、砂《すな》ぼこりを巻《ま》きあげ、いまきた道をいちもくさんにひきかえした。

「あの御者も案外《あんがい》いくじがないな」いいながら、カマキリ探偵はゆれる橋の上に足を踏《ふ》みだした。

「腰《こし》ぬけだよ」バッタ博士はそう答え、帽子《ぼうし》のつばをひきおろすと、ステッキで体のバランスをとった。

カマキリ探偵はからかうような目つきで連《つ》れをちらりと見た。それから、まっぷたつに折《お》れてぎざぎざのへりだけが残《のこ》った横板《よこいた》に、そうっと足をのせながらいった。

「たぶん、やつはジュリアナ嬢《じょう》の曲芸《きょくげい》を一度も見たことがないんだろうさ」

「だとしたら、この世《よ》で最高《さいこう》のショーを見《み》のがしているわけだ」とバッタ博士。

ふたりはおんぼろ橋《ばし》を渡《わた》りつづけた。水かさをました急流《きゅうりゅう》に痛《いた》めつけられて、橋を作りあげたあらゆる材木《ざいもく》がゆれ動《うご》いている。探偵と博士がやっとのことで向こう岸《ぎし》へたどりついたとたん、橋ぜんたいが水に浮《う》かんだマッチ棒《ぼう》のようにあっさり流《なが》されてしまった。

「さて」とカマキリ探偵《たんてい》がいった。「これで行く先はきまった。もうあともどりはできない」

「タランチュラに思いしらせてやる」バッタ博士《はかせ》がステッキをかざしながら応《おう》じた。

探偵は博士の首のうしろを軽《かる》くさわった。「もし、やつに神経節《しんけいせつ》を刺《さ》されたら、一巻《いっかん》の終わりだぞ」

バッタ博士はちょっと青ざめたが、声はしっかりしていた。「もしやつがジュリアナ嬢《じょう》を捕《と》らえているなら、いまこそ罪《つみ》の報《むく》いを受けるときだ」

カマキリ探偵は行く手の山腹《さんぷく》をざっと見まわした。「この土地は乾《かわ》ききっていて、小石が多い。タランチュラの地下城塞《じょうさい》はきっとこの近くだよ」

ふたりはそこで足をとめ、カマキリ探偵があたりをくわしく調《しら》べはじめた。「そうか……なるほど、あそこと……あそこに……」

「じれったいな、カマキリくん。なにが見えるんだ？　わたしにはなにも見えないが」

探偵は博士の肩《かた》に手をおき、つぎつぎに指《ゆび》さして教えた。「ほら、見えるだろう？　こっちにはカブトムシの脚《あし》、あっちにはミツバチの羽……」

「ああ！　それとあそこには、なんと気味《きみ》のわるい」

太陽にさらされたトンボの頭が、荒《あ》れ地《ち》の中央からこっちをにらんでいる。ふたりは用心深《ようじんぶか》い足どりで前進《ぜんしん》した。見わたすかぎり、月面《げつめん》のように荒《あ》れ果《は》てた風景《ふうけい》だ。そのあっちこっちに、消化《しょうか》されなかった脚《あし》や羽の切れっぱしが散《ち》らばっている。タランチュラが地下城塞《じょうさい》から外へ捨《す》てたものだろう。

「ほら、あそこに入口がある」

カマキリ探偵《たんてい》は、地中《ちちゅう》からてっぺんだけを突《つ》きだしている小塔《しょうとう》を指《ゆび》さした。てっぺんにトンボの頭がいくつか飾《かざ》ってある。バッタ博士《はかせ》はごくりと唾《つば》をのみこんだ。ひざがガクガクふるえだした。

「しかし」とカマキリはつづけた。「あの小塔の中へ入ったら、勝《か》ち目《め》はない。地下ではやつが絶対《ぜったい》の支配者《しはいしゃ》だ。あらゆる通路《つうろ》がどこで枝分《えだわ》かれしてどう曲がっているのかを知りつくしているし、クモの糸におおわれた壁《かべ》を、稲妻《いなずま》のような速《はや》さで行き来できる。こっちは泥沼《どろぬま》にはまったのも同然《どうぜん》で、動《うご》くに動けない」

「それじゃどうすればいい？」バッタ博士はたずねた。

「やつを外へおびきだすしか手はない」カマキリ探偵は答えた。

「名案《めいあん》だ」博士のひざのふるえがおさまってきた。「どうやっておびきだす？」

「きみがあの小塔《しょうとう》のてっぺんによじ登《のぼ》るんだよ、博士《はかせ》。そこでバイオリンを弾《ひ》く。やつはそれを聞いて、きみをつかまえに出てくる」

「カマキリくん、いっておくが……」

「ジュリアナ嬢《じょう》はあの奥《おく》のどこかに捕《と》らえられているんだぞ」

カマキリ探偵《たんてい》は小塔の暗《くら》い戸口《とぐち》を指《ゆび》さした。バッタ博士はため息《いき》をつき、肩《かた》をすくめると、またもやひざがふるえはじめたのを感《かん》じながら、タランチュラの城塞《じょうさい》に近づいた。

小塔の下でバッタ博士は立ちどまり、親友をふりかえったが、カマキリ探偵の姿《すがた》はもうどこにもない。博士は勇気《ゆうき》をふるいおこし、山高帽《やまたかぼう》のてっぺんを押《お》さえると、たった一回のジャンプで小塔のてっぺんにとりついた。

そこでバッタ博士はバイオリンを弾きはじめた。まるで夕日に向かって弾いているように見える。だが、コートのうしろすそは暗く恐《おそ》ろしい穴《あな》の中へ垂《た》れさがり、両《りょう》ひじはうつろなトンボの頭に支《ささ》えられていた。こんなことなら、家にいればよかった。そうすれば、いまごろはあかあかと燃《も》える暖炉《だんろ》の前で、ポップコーンを口にほうりこんでいられたのに。だが、そこでジュリアナ嬢のことが頭によみがえった。いま彼女《かのじょ》は、この地下の暗闇《くらやみ》のどこかで囚《とら》われの身《み》になっているはずだ。そこで、バッタ博士はジュリアナ嬢を想《おも》いながら、いっそう甘《あま》くせつない演奏《えんそう》をつづけた。

とつぜん暗闇《くらやみ》の中に八つの目がぎらついたかと思うと、巨大《きょだい》な影《かげ》がぬめぬめした壁《かべ》をはいのぼってきた。バッタ博士《はかせ》が小塔《しょうとう》から飛《と》びおりるのといっしょに、トンボの頭が上からころげ落《お》ちた。博士は軽《かる》やかに着地《ちゃくち》して、自分の身《み》を守ろうと向きなおった。足技《あしわざ》には自信《じしん》があるので、鋭《するど》い蹴《け》りをくりだせる構《かま》えをとる。ふいに夕日が巨大な毛深《けぶか》い体にさえぎられたかと思うと、タランチュラが空中《くうちゅう》をするすると伝《つた》いおりてきた。八つの凶暴《きょうぼう》な目がぎらつき、毒液《どくえき》に濡《ぬ》れて光る二本の牙《きば》が博士の首すじにおそいかかった。

博士はさっと身《み》をかわし、怪物《かいぶつ》のみぞおちめがけて蹴りを入れたが、タランチュラはカラカラと笑《わら》っただけ。せっかくの蹴りも、鎧《よろい》のようにかたい胸《むね》にあっさりはねかえされてしまった。

「なんとまあ、まぬけなバイオリン弾《ひ》きだ」タランチュラは頸静脈《けいじょうみゃく》を狙《ねら》っておそいかかった。身軽《みがる》なバッタ博士がまた体をかわすと、むこうは笑いながら追《お》ってきた。「おれさまから逃《に》げられるとでも思うのか？　このチビすけ、きさまの命《いのち》はもうおれさまのものだ」

またしてもタランチュラの毒牙《どくが》のついた口がぐわっとひらいたが、ちょうどそのとき、ギザギザのとげのついた長い緑色の腕《うで》が、背後《はいご》からタランチュラの毛深い首すじに巻《ま》きついた。

「カマキリくん！　助かった！」ジャンプして、バッタ博士は安全《あんぜん》な場所《ばしょ》に逃《のが》れた。タランチュラは、カマキリ探偵《たんてい》の力強い腕《うで》で締《し》めつけられている。

強烈《きょうれつ》な締めから抜けだそうと、タランチュラはもがきまわった。毒《どく》グモが横にころがると、探偵の体はその下敷《したじ》きになったが、鉄腕《てつわん》はまったくゆるまなかった。

「うまいぞ！」興奮《こうふん》のあまり、バッタ博士《はかせ》はあたりを跳《は》ねまわった。「がんばれ、放《はな》すなよ、カマキリくん。さあ、こんどはわたしの番だ！」そしてステッキを手に飛《と》びかかり、タランチュラをたたきのめそうとした。

毛深《けぶか》い脚《あし》が博士の足もとをすくい、毒液《どくえき》のしたたる牙《きば》がワイシャツの胸《むね》を刺《さ》した。荒《あ》れ果《は》てた風景《ふうけい》がとつぜんぐるりと一回転《いっかいてん》し、目の前で格闘中《かくとうちゅう》のふたりの姿《すがた》がぼやけた。よろよろとあとずさった瞬間《しゅんかん》、激痛《げきつう》が全身《ぜんしん》をつらぬいた。それでも戦《たたか》いに加《くわ》わろうと、ふらつく足でまた近づいて、弱々《よわよわ》しくステッキで相手《あいて》をなぐりつけた。

「……カマキリくん……きみはやつを……つかまえて……逃《に》がすなよ……」

砂《すな》と小石が飛びちる中、カマキリ探偵とタランチュラはめまぐるしい攻防《こうぼう》をつづけた。タランチュラのすばしこい脚が四方八方《しほうはっぽう》へ蹴《け》りだされ、恐《おそ》ろしい牙の生えた口がひらいてはとじる。針《はり》のように細い牙の先には、毒液のしずくがきらきら光る。タランチュラの巨体《きょたい》が激《はげ》しい殺意《さつい》をこめてジャンプをくりかえしたが、何度着地《ちゃくち》しても、つねにカマキリ探偵の腕が執念《しゅうねん》の怪力《かいりき》

でのどに食いこんでいた。これまでに博士《はかせ》は何度もこうした格闘《かくとう》を見たことがある。いったんカマキリ探偵《たんてい》の腕《うで》が首を締《し》めつけはじめたら、もうどんな相手《あいて》もそれをふりほどけない。死神《しにがみ》の使《つか》いのようなタランチュラでさえ、すでに脚《あし》をけりだす勢《いきお》いがおとろえてきていた。万力《まんりき》のようなカマキリ探偵の腕が毛深《けぶか》いのどにくいこむにつれて、毒《どく》グモのぎらついていた目はきょろきょろ宙《ちゅう》をさまよいはじめた。まもなくタランチュラは意識《いしき》を失《うしな》い、ごろりとその場に横倒《よこだお》しになった。

「さあ博士、早く！」

すばやくとりだした手錠《てじょう》を、ふたりは怪物《かいぶつ》の腕と脚につぎつぎとはめた。鉄《てつ》の手錠を持つ博士の手はふるえ、冷《つめ》たくなってきた腕がきりきり痛《いた》んだが、なんとか毛むくじゃらの怪物の脚に輪《わ》をはめていった。

カマキリ探偵も自分の受け持った手錠をはめおわり、まだ気絶《きぜつ》したままのタランチュラから跳《と》びはなれた。

「これでよし。では、地下城塞《じょうさい》へ入ろう」

バッタ博士は重《おも》い体をひきずってカマキリ探偵のあとにつづき、小塔《しょうとう》のてっぺんから暗《くら》い穴《あな》の中へ入った。ねばねばしたクモの網《あみ》を注意深《ちゅういぶか》く避《よ》けながら、ふたりは壁《かべ》をくだっていった。

空洞《くうどう》は地下深《ふか》くどこまでもつづいている。博士《はかせ》の目はぼやけ、足もとはふらついていたが、手さぐりで探偵《たんてい》につづいて、不気味《ぶきみ》な迷路《めいろ》をくだっていった。生《い》け捕《ど》りのホタルたちが明かりの代用《だいよう》にされ、クモの網《あみ》におおわれた壁《かべ》にはさまざまな獲物《えもの》の頭が飾《かざ》られていた。角《かど》を曲がるたびに、そういったものがつぎつぎ目にとびこんでくる。カブトムシの角《つの》で作られた家具《かぐ》、ハエの羽のカーテン、マルハナバチの毛の敷物《しきもの》……。どれもが、このまわりの野山《のやま》に住《す》む善良《ぜんりょう》な市民《みん》に加《くわ》えられた、憎《にく》むべき残虐行為《ざんぎゃくこうい》を物語っていた。

だが、わたしはこれを最後《さいご》まで見とどけられそうもないな、と博士は思った。さっきの毒《どく》がじわじわ全身《ぜんしん》にひろがるのが感《かん》じられる。タランチュラの牙《きば》は神経節《しんけいせつ》をはずれはしたが、傷《きず》は深《ふか》い。わかってるさ。残《のこ》された命《いのち》はあとわずかだ。

しかし、博士はくじけなかった。この恐《おそ》ろしい場所《ばしょ》から、ジュリアナ嬢《じょう》が無事《ぶじ》に救出《きゅうしゅつ》されるのを見とどけるまでは、死んでも死にきれない。

「あそこだ、博士」カマキリ探偵がいった。「あのかんぬきの下《お》りた扉《とびら》」

「わかった」バッタ博士は弱々《よわよわ》しく答えた。「早くあけよう」

ふたりはかんぬきを持ちあげ、扉を大きくあけはなってから、驚《おどろ》きに目を見はった。これまで見たこともないほどの悲《かな》しい光景《こうけい》が、そこにひろがっていた。何十ものチョウたちが、その羽から美しい鱗粉《りんぷん》をひきはがされ、鎖《くさり》で壁《かべ》につながれているのだ。

「金粉《きんぷん》をはぎとられている！」博士《はかせ》はギョッとしてさけんだ。

「そう。ぼくが心配《しんぱい》していたとおりだよ」と探偵《たんてい》が答えた。

「なんとむごいことを」博士は口ごもりながらいった。「言語道断《ごんごどうだん》の犯罪《はんざい》だ」

「助けてください」とチョウたちが訴《うった》えた。「鎖をはずして」

「いますぐに」バッタ博士はそう答え、この地下牢《ろう》でまだ鱗粉をはぎとられていないただひとりのチョウに近づいた。「ジュリアナ嬢《じょう》……」山高帽《やまたかぼう》をとり、囚《とら》われの美女に一礼《いちれい》した。それから、しだいにしびれていく手で、彼女《かのじょ》を鎖から解《と》きはなした。

「ありがとう、ありがとう」ジュリアナ嬢はすすり泣《な》きながら、博士の胸《むね》へ飛《と》びこんだ。「つぎはあたしの番でした。今夜、あたしの羽もまる裸《はだか》にされるはずでした」

「もうなんの心配《しんぱい》もいりませんよ。ジュリアナ嬢」そういって、博士はほほえもうとした。しかし、すでに毒《どく》は彼《かれ》の首から顔、さらに全身《ぜんしん》へとひろがっていた。博士は彼女の前でふらつき、つぎにうしろへよろめいて、ばったり倒《たお》れた。

「博士！」カマキリ探偵が駆《か》けつけた。

「だいじょうぶ」バッタ博士はまだほほえもうと努力《どりょく》しながら、弱々《よわよわ》しく顔を上げた。ジュリ

アナ嬢《じょう》の前でこんなふうに死ぬのは、なんとかっこうのわるい話だろう。「タランチュラに……かまれた……しかし……かすり傷《きず》だ……」

「タランチュラに関《かん》するかぎり、かすり傷というものはない」カマキリ探偵《たんてい》は急《いそ》いで博士《はかせ》を助け起《お》こした。

ほかのチョウたちもすでにおたがいの鎖《くさり》を解《と》いて、自由の身《み》になっていたが、そのひとりが口をひらいた。

「いつかの晩《ばん》、タランチュラがサシガメに話しているのを聞いたことがあります。タランチュラにかまれたときのただひとつの解毒法《げどくほう》のことを」

「ほう?」とカマキリはいった。「その解毒法とは?」

「かまれた人は踊《おど》らなければなりません」

「そうだった！」カマキリはさけんだ。「ぼくとしたことが、なぜそれを忘《わす》れていたんだろう！　むかしからその効果《こうか》を言い伝《つた》えられているタランテラ踊《おど》り！　それが唯一《ゆいいつ》の治療法《ちりょうほう》だ」

「踊りましょう、先生！」チョウたちがさけんだ。「いっしょに踊ってください！」

博士《はかせ》は首を横にふったが、カマキリ探偵《たんてい》がその耳に口を近づけた。「ぜひ踊るべきだ。それできみの体内《たいない》から毒《どく》が追《お》いだされるんだよ」

バッタ博士が持ってきたバイオリンは、さっき倒《たお》れたとき、床《ゆか》の上に落《お》ちたままだった。ひとりのチョウがそれを拾《ひろ》いあげて弾《ひ》きはじめた。

「あたしと踊りましょう、先生」ジュリアナ嬢《じょう》が博士を両腕《りょううで》でかかえた。

バイオリンを持ったチョウが八分《はちぶん》の六拍子《ろくびょうし》の曲を弾きはじめ、ジュリアナ嬢は博士をくるくるとまわらせた。彼女《かのじょ》の虹色《にじいろ》の瞳《ひとみ》をぼんやり見つめながら、バッタ博士はおぼつかなく踊りだした。無事《ぶじ》な彼女の姿《すがた》を見とどける夢《ゆめ》は実現《じつげん》したが、カマキリ探偵のいったとおり、そこには悪夢《あくむ》も待《ま》ちうけていたのだ。その悪夢の中へいまにも落ちこんでいきそうな気がしていた。毒にあたって心臓《しんぞう》が凍《こお》りつく、という悪夢に。

しかし、ジュリアナ嬢は博士をしっかり抱《だ》きかかえた。サーカスじこみの力強い腕が博士の体重をらくらくと支《ささ》え、曲に合わせてくるりくるりとターンさせた。ふしぎなことに博士の心臓は動《うご》きつづけて体に生命《せいめい》をそそぎこみ、両脚《りょうあし》は鉛《なまり》のような重《おも》さを感《かん》じながらも動きつづけた。

「ダンス、ダンス、ダンス、ダンス、ダンス、ダンス」

チョウたちはそう歌いながら、曲に合わせて手をたたいた。ジュリアナ嬢《じょう》もおなじ歌を博士《はかせ》の耳にささやきつづけた。やがて音楽のリズムは博士の心臓のリズムと一致《いっち》し、彼女《かのじょ》のために脈拍《みゃくはく》を刻《きざ》んだ。とつぜん、右脚が生きかえったようにピクンと跳《は》ねた。つぎに左脚もそれにならって、ピクン、ピクンと、いっそう激《はげ》しい動きをくりかえした。

「毒《どく》が移動《いどう》をはじめたぞ！」とカマキリがさけんだ。「もっと速《はや》く！」

バイオリン弾《ひ》きがテンポを速め、ジュリアナ嬢が彼《かれ》をターンさせると、タランテラ踊《おど》りの狂《くる》おしいリズムに合わせて、博士の両脚はけいれんに似《に》た激しい動きをくりかえした。ひたいからどっと汗《あせ》が吹《ふ》きだし、汗に混《ま》じって体の外に排出《はいしゅつ》された毒がワイシャツのえりを濡《ぬ》らしたが、もうその液体《えきたい》は完全《かんぜん》に無害《むがい》だった。

バッタ博士は手足が軽《かる》くなってきたのを感じ、心臓がちゃんと動いているのを感じた。ジュリアナ嬢がささやいた。「先生はとても踊りがお上手《じょうず》ね」

「あ、いや。わたしはただ……ピョンピョン跳ねているだけで……」

しかし、いまでは動きがとてもなめらかになっていた。体内《たいない》の毒が薄《うす》まり、元気が回復《かいふく》してきたためだ。

バイオリン弾《ひ》きが急《きゅう》テンポのエンディングに入ると、博士《はかせ》はかかとの音も軽快《けいかい》に彼女《かのじょ》といっしょにくるくるターンをくりかえし、回るスピードがいっそう速《はや》くなった。ついに踊《おど》りが体内から最後《さいご》の毒《どく》を追《お》いだしたのだ。

チョウたちは、「ばんざい！」とさけんで、博士を肩《かた》の上にかつぎあげた。

「おいおい、たのむから……」

チョウたちが地下牢《ろう》の外へ、そしてくねくねした長いトンネルの外へと博士を運《はこ》びだすころには、外ではふたたび日が昇《のぼ》っていた。


P・T・バナナムシはバッタ博士とカマキリ探偵《たんてい》を最前列《さいぜんれつ》の特別席《とくべつせき》へ案内《あんない》した。「もうこれから永久《えいきゅう》に、あなたがたおふたりは無料《むりょう》ご招待《しょうたい》だよ。いつでもどうぞ」

カマキリとバッタは腰《こし》をかけた。ひざの上にはポップコーン、手には綿《わた》アメ。博士の山高帽《やまたかぼう》には風船《ふうせん》までくっついていた。「ところで、ジュリアナ嬢《じょう》はもう回復《かいふく》しましたか？」

「すっかり」とP・T・バナナムシは答えた。「手荒《てあら》なあつかいで羽から落《お》ちた金粉《きんぷん》も、もとどおりになったしね」

「ぼくの目の錯覚《さっかく》かな？」とカマキリ探偵《たんてい》がいった。「ひょっとしたら、いまこっちへやってくるのは話題《わだい》の美女だろうか？」

P・T・バナナムシはジュリアナ嬢《じょう》に片手《かたて》をさしのべた。「お友だちがきみをたずねてきてくださったぞ」

「お待《ま》ちしていましたわ」きらびやかな衣装《いしょう》に包《つつ》まれたジュリアナ嬢は、最前列《さいぜんれつ》のふたりの横にすわった。彼女《かのじょ》は真上《まうえ》の空中《くうちゅう》ブランコを見あげた。そこではやはり華《はな》やかなコスチュームを着たブランコ乗《の》りが、バーを受けとろうと待っている。「もうご存《ぞん》じかしら？　あたし結婚《けっこん》しますの」

「それはおめでとう」

カマキリ探偵は綿《わた》アメをわきにおき、ジュリアナ嬢の手を握《にぎ》った。バッタ博士《はかせ》も彼女の手を握ったが、その声はささやきのように低《ひく》かった。

「どうか、いついつまでもお幸《しあわ》せに……」

その瞬間《しゅんかん》、ウマアブたちが速足《はやあし》でステージに登場《とうじょう》し、ジュリアナ嬢は優雅《ゆうが》に舞《ま》いあがると、二頭《とう》の背《せ》の上に降《お》り立った。P・T・バナナムシの鞭《むち》がパチンと鳴《な》るのに合わせて、ウマアブたちは彼女《かのじょ》を乗《の》せたまま、ステージをまわりはじめた。

カマキリ探偵《たんてい》は親友の顔に目をやった。「さっきのきみの声はなんだか妙《みょう》だったぞ。ジュリアナ嬢《じょう》からおめでたい知らせを聞いたときの——」

「よしてくれよ。ばかばかしい」

「そうかな」

ジュリアナ嬢は軽《かろ》やかに走るウマアブたちの背《せ》にまたがったまま、ステージを駆《か》けめぐり、あでやかな羽をうしろではためかせている。

「彼女は友だちさ。それ以上《いじょう》の間柄《あいだがら》じゃない」ジュリアナ嬢が前を通りすぎるのをながめながら、バッタ博士《はかせ》はいった。

「口ひげに綿《わた》アメがくっついてるぞ」とカマキリ探偵がひやかした。

第二話　おびえきった学者《がくしゃ》の怪事件《かいじけん》

ノミ街《がい》にある下宿屋《げしゅくや》の小さい部屋では、暖炉《だんろ》の火がちろちろと燃《も》え、その手前《てまえ》の床《ゆか》の上には使《つか》ったばかりのポップコーン鍋《なべ》がおかれていた。暖炉わきのアームチェアで、バッタ博士《はかせ》はひざの上に手を組んだまま、満足《まんぞく》そうに居眠《いねむ》りをしていた。チョッキとズボンには、ポップコーンのかすがくっついている。

おなじ部屋の反対側《はんたいがわ》では、カマキリ探偵《たんてい》がダーツを投《な》げていた。三本のダーツを一度に投げるというむずかしい技《わざ》だ。腕《うで》を曲げ、狙《ねら》いをつけ、壁《かべ》の的《まと》をめがけて、えいっ。一本のダーツはイスの前にある足《あし》のせ台《だい》、もう一本はソファーの背《せ》に突《つ》き刺《さ》さり、あとの一本はドアに命中《めいちゅう》した。ちょうどそのときだった、ドアにノックの音がしたのは。

あっちこっちからすばやくダーツを抜《ぬ》きとりながら、カマキリ探偵は考えた。どうか下宿屋のおかみでありませんように。ドアにダーツが突き刺さっているのが見つかったら、それこそどんな文句《もんく》をいわれることやら。彼《かれ》はバッタ博士《はかせ》をゆり起《お》こした。「博士、ポップコーン鍋《なべ》をちゃんとしまえよ。シャクトリムシ夫人《ふじん》かもしれないぞ」

「おいおい、カマキリくん」とバッタはふきげんな声でいった。「われわれはここに住《す》んでいるんだよ、そうだろう？　ポップコーンをこしらえたばかりで、どうしてすぐに掃除《そうじ》をはじめなけりゃいけない？　つまり、いいたいのはだね、しょっちゅう部屋の掃除に追《お》われていては、なんのたのしみも……」

またノックの音。カマキリ探偵《たんてい》が急《いそ》いで駆《か》けよった。「いまあけます。奥《おく》さん……」

彼はドアをあけながら、うやうやしく一礼《いちれい》した。だが、そこに立っているのは、寝間着《ねまき》の帽《ぼう》子《し》を片手《かたて》に、こっちを見つめているナンキンムシだった。

「カマキリ探偵ですか？」

「そのとおり」ほっと安心《あんしん》してカマキリ探偵は答えた。「ご用件《ようけん》は？」

ナンキンムシはひとつあくびをしてから、帽子をひねくりまわした。「わたしの雇《やと》い主《ぬし》が、あなたをお迎《むか》えに行け、と」

「失礼《しつれい》ですが、あなたの雇い主のお名前は？」

「チャニング・チャタテムシ教授《きょうじゅ》です」

「で、チャタテムシ教授《きょうじゅ》が悩《なや》んでおられる問題《もんだい》というのは？」

「それは教授の口から申《もう》しあげます」ナンキンムシは眠《ねむ》そうに目をしばたたかせると、窓《まど》ごしに街路《がいろ》のほうを指《ゆび》さした。「下に虫馬車《むしばしゃ》を待《ま》たせてあるんですが」

カマキリ探偵《たんてい》はコート掛《か》けから長いマントをとってそれをはおると、まだイスにすわっているバッタ博士《はかせ》を急《せ》きたてた。「さあ、でかけよう、博士。またまた事件《じけん》だ」

「まったくもう」

バッタ博士はそういいながら、山高帽《やまたかぼう》をかぶり、コートをはおった。チョッキにくっついたポップコーンのかけらが敷物《しきもの》の上にこぼれた。せっかくバターと塩《しお》で腹《はら》がくちくなり、この静《しず》かな一夜《いちや》を暖炉《だんろ》のそばで過《す》ごせれば極楽《ごくらく》だと思っていた矢先《やさき》に、またしてもカマキリ探偵にひっぱりだされるのか、とぼやきたくなった。きっと今夜も奇怪《きかい》きわまる、とほうもない、そしておそらくは危険《きけん》な仕事《しごと》が待《ま》ちうけていることだろう。

車輪《しゃりん》の回転《かいてん》がゆるみ、やがてとまった。まずナンキンムシが車を降《お》りた。コートの下から寝間着《ねまき》のすそがはみだしている。「ここです」という言葉にうながされ、カマキリ探偵とバッタ博士もそのあとにつづいて降りた。町なみはごく平凡《へいぼん》な感《かん》じで、きちんとした小さな家が、霧《きり》もそのすきまに入りこめないほどびっしり建《た》てこんでいる。ナンキンムシはがたついた門をあけ、ほったらかしの芝生《しばふ》の奥《おく》にある家を指《ゆび》さした。ぽつんと明かりがひとつともっている。

「最近《さいきん》、チャタテムシ教授《きょうじゅ》はこそ泥《どろ》に悩《なや》まされておいでのようだね」とカマキリ探偵《たんてい》がいった。

驚《おどろ》いてふりかえったナンキンムシに向かって、探偵は窓《まど》に新しくとりつけられた盗難《とうなん》よけの鉄柵《てっさく》を指さしてみせた。その推測《すいそく》を裏《うら》づけるかのように、とつぜん家の中からサシバエのうなり声《ごえ》がひびいた。それを聞いて、ナンキンムシがぴょんとうしろへとびのいた。

「新しく飼《か》いはじめた番犬《ばんけん》です」ナンキンムシがそう説明《せつめい》して鍵束《かぎたば》をとりだし、鍵穴《あな》にさしこむあいだにも、サシバエはけたたましく吠《ほ》えつづけた。

「気をつけてください。嚙《か》みますから」ナンキンムシはそういいながら、大きくドアをあけた。

「おさがり！　あっちへ行けというのに、こら！」

サシバエをけとばそうとしたはずみに、ナンキンムシのスリッパは宙《ちゅう》を飛《と》んだ。サシバエがさっそくそれをくわえていった。それでもバッタ博士《はかせ》は用心深《ようじんぶか》くじゅうぶんな距離《きょり》をとって、その前をすりぬけることにした。いまはいているズボンは新品《しんぴん》ではないが、この気性《きしょう》の荒《あら》いサシバエにずたずたにされるのはまっぴらだ。

「こちらへ」とナンキンムシがいった。片足《かたあし》はスリッパ、もう片足ははだし。ふたりを案内《あんない》してうす暗《ぐら》くカビくさい廊下《ろうか》をぬけ、ただひとつ明かりのもれている部屋に向かった。「この奥《おく》です」

チャタテムシ教授《きょうじゅ》が立ちあがって、ふたりを迎《むか》えた。めがねが鼻の頭までずり落《お》ちたままの気弱そうな学者《がくしゃ》で、まわりには書類《しょるい》と本が散《ち》らばっている。「お越《こ》しいただいてありがとうございます」そういうと、めがねの縁《ふち》の上からカマキリ探偵《たんてい》とバッタ博士《はかせ》をながめた。「お掛《か》けになりませんか？　なにか召《め》しあがりますか？　蜜《みつ》でもいかが？」

「それより、まずお話を」と腰《こし》かけながらカマキリ探偵がいった。「それがなによりのごちそうです」

バッタ博士はわざとらしく咳《せき》ばらいした。こんなじめじめした晩《ばん》にはせめて蜜でもすすりたいが、カマキリ探偵は困《こま》った男で、いったん事件《じけん》にとり組んだらさいご、ほんのささやかなたのしみにさえ目をくれようとしない。今夜もまたそういう晩か、と博士はあきらめ、古ぼけたアームチェアにすわって、チャニング・チャタテムシ教授の物語に耳をかたむけることにした。教授は部屋の中を行ったり来たりしながら、ふるえる声で物語をつづけた。

「カマキリさん、わたしはおとなしいたちでしてね、これまで心配《しんぱい》やトラブルといったものには縁《えん》がありませんでした。この家で本と仕事《しごと》にかこまれて、平穏無事《へいおんぶじ》に過《す》ごしておりました」

悩《なや》みをかかえた学者《がくしゃ》は向きを変《か》えると、書斎《しょさい》の壁《かべ》を手で示《しめ》した。床《ゆか》から天井《てんじょう》まで届《とど》く書棚《しょだな》に、ぎっしりと本の背《せ》がならんでいた。「わたしは何千冊もの本をちびちびかじりながら、その内《ない》容《よう》を消化《しょうか》し、研究《けんきゅう》に役立《やくだ》てようと……」

「どういうご研究ですか？」

「われわれの王国、バグランドの歴史《れきし》です。いちばん初期《しょき》の時代からの」教授《きょうじゅ》はむりに笑《え》みを浮《う》かべた。「だれもがおもしろがるようなテーマではありませんが、わたしにとってはライフワークでした。それがいまになって……」教授はテーブルのへりをつかんだ。バッタ博士《はかせ》は教授の全身《ぜんしん》がわなわなとふるえているのに気がついた。

「なるほど」とカマキリ探偵《たんてい》がいった。「つづけてください、チャタテムシ教授」

「いまになって、わたしは生命《せいめい》をおびやかされています」教授の顔は蒼白《そうはく》だった。めがねを鼻の上に押《お》しあげようとするが、手がふるえて、なかなかめがねの縁《ふち》がつまめない。「ああ、どうしよう。困《こま》った、困った。あの本にさえめぐりあわなければ」

「なんの本ですか、チャタテムシ教授？」カマキリ探偵が身《み》を乗《の》りだして、優《やさ》しくたずねた。

「この大騒動《だいそうどう》をもたらした本ですよ」チャタテムシ教授はデスクの前にどさっと腰《こし》をおろすと、両手《りょうて》で頭をかかえこんでしまった。

助手《じょしゅ》のナンキンムシが部屋のすみのリクライニングチェアから代《か》わりに答えた。いまは両足《りょうあし》ともはだしで、寝間着《ねまき》の帽子《ぼうし》が目の上にかぶさっている。眠《ねむ》そうな小声《こごえ》で、「チャタテムシ教《きょう》授《じゅ》が……あの本を発見《はっけん》されたのは……まったくの偶然《ぐうぜん》でした……」

体をふるわせていた教授は、デスクから顔を上げたはずみに吊《つ》りランプに頭をぶつけた。吊りランプがゆれるのと同時に、壁《かべ》の上の影法師《かげぼうし》も動《うご》きだし、自分たちの物語、恐怖《きょうふ》と囚《とら》われの身《み》の物語をはじめたかのように思えた。

「そう、あれはまったくの偶然でした。フラワー・ボックスの中につっこんであるのを見つけたのです。ここからそう遠くないマイマイガ茶房《さぼう》で。あの店をご存《ぞん》じですか？」

「いや、知りません」

「なかなかいい店ですよ。メニューもおいしいし。わたしはあの店へ行くたびに、二、三ページかじることにしています。メニューをくっつけてある糊《のり》が絶品《ぜっぴん》でしてね」

カマキリ探偵《たんてい》はイスの上でため息《いき》をつき、チャタテムシ教授の細《こま》かすぎる物語が核心《かくしん》に入るのを待《ま》つことにした。

「さて、ほかでもないその日、わたしはすっかり満腹《まんぷく》して、あの茶房を出ようとしました」教授は話をつづけながら、恥《は》ずかしそうに微笑《びしょう》した。「じつはデザートのページをそっくりたいらげてしまったんで……」

「どうかお話をつづけてください」

「はい、はい、もちろん。どうもすみません。ドアから出ようとしたとき、フラワー・ボックスの中になにかが隠《かく》してあることに気づいたんです。ひっぱりだしてみると、驚《おどろ》いたことに、なんと『図解《ずかい》バグランドの歴史《れきし》』という大昔《おおむかし》の本じゃありませんか。わたしはそれを家に持ち帰り、その晩《ばん》さっそく、むさぼり読みながら内容《ないよう》を消化《しょうか》しました。ほら、このデスクの端《はし》にあるのがその残骸《ざんがい》です」

カマキリ探偵《たんてい》はその本を手にとった。残《のこ》されているのは表紙《ひょうし》と裏表紙《うらびょうし》だけだ。

チャタテムシ教授《きょうじゅ》がまた話をはじめた。「じつに味《あじ》わいのある内容でした。たまたまそれを発見《はっけん》できたことを、そのときはたいそう幸運《こううん》に思ったものです。ところが……」チャタテムシ教授は言葉を切った。ふるえがぶりかえし、めがねがまた鼻の頭へずり落《お》ちてきた。

「それで？」とカマキリ探偵がうながした。「どうかつづけてください、教授」

「はい」チャタテムシ教授はなんとか気を落ちつかせようとした。「その本を消化してまもなく、わたしは気がつきました。そこにはバグランドの歴史だけでなく、もっとべつのものがあったことに」

「というと？」
「とても奇妙《きみょう》な情報《じょうほう》が頭のすみにあることが、だんだんわかってきたのです。それはバグランドの歴史《れきし》でなく、じつは……」臆《おく》病《びょう》な教授《きょうじゅ》は足の先まで青ざめたように見えた。鉄格子《てつごうし》のはまった窓《まど》にちらと目をやり、客《きゃく》たちに目をもどしたが、声はいちだんと低《ひく》くなった。「じつは、わたしの消化《しょうか》したものは、他国にぜったいに知られてはならない海軍省《かいぐんしょう》の活動《かつどう》に関《かん》する最高機密《さいこうきみつ》らしくて」
バッタ博士《はかせ》は思わずすわりなおし、カマキリ探偵《たんてい》を見つめた。「そりゃ大問題《だいもんだい》だ」
「たしかに」カマキリ探偵は食いつくされた本の表紙《ひょうし》をふたたびひらいた。「一ページ残《のこ》らず、食べてしまったわけですね？」

「最後《さいご》の切れはしにいたるまで」とチャタテムシ教授《きょうじゅ》は答えた。「なんといっても、わたしの専門分野《せんもんぶんや》ですから。いや、そう信《しん》じこんでいたわけです」

「ところが、そこに海軍省《かいぐんしょう》の活動《かつどう》に関《かん》するある種《しゅ》の知識《ちしき》が加《くわ》わった」

「そうです。海軍省の！　それに、大使館《たいしかん》の秘密《ひみつ》活動も！」立ちあがったはずみに、チャタテムシ教授はまたもや吊りランプに頭をぶつけ、明かりが振《ふ》り子《こ》のようにゆれはじめた。

部屋の隅《すみ》からは、ナンキンムシの低《ひく》いいびきが聞こえる。ランプはゆれつづけ、その下でカマキリ探偵《たんてい》は、表紙《ひょうし》だけになった『図解《ずかい》バグランドの歴史《れきし》』をじっと見つめた。

「この本に暗号文《あんごうぶん》が隠《かく》されていたのは明《あき》らかですな」

「そのとおり！」教授がさけんだ。「そして、そこに暗号文を隠したのは大使館のスパイでした。いま、そのスパイがわたしの命《いのち》を狙《ねら》っています！」

「もしくは、本をとりかえそうとしている」

「しかし、わたしはその本を食べてしまいました！」恐《おそ》ろしそうに教授はさけんだ。「自分の蔵書《ぞうしょ》を一冊残らず食べてしまったのとおなじように」

教授は、もう一度、書斎《しょさい》の本棚《だな》のほうへ手をふりながらいった。

「ここにある本はぜんぶ表紙《ひょうし》だけです。中身《なかみ》は夜《よ》ごとの研究《けんきゅう》でかたっぱしから噛《か》みくだき、消《しょう》化《か》して、あとにはなにも残《のこ》っていません。わたしは徹底的《てっていてき》に研究するたちでして。いま、あなたの手にあるその本も含《ふく》めてね。しかし、その本だけは発見《はっけん》しなければよかったと、いまになって後悔《こうかい》しております。ああ、ああ、ああ、どうしたらいいのでしょう」

「この重大事《じゅうだいじ》に気づいてから、だれか政府《せいふ》の関係者《かんけいしゃ》に連絡《れんらく》をとられましたか？」

「いいえ、なにをするのも恐《おそ》ろしくて、あなたにご相談《そうだん》しただけです」

「では、いままでどおりだれにも連絡せず、この事件《じけん》をわれわれにまかせておかれることをおすすめしますよ。ところでバッタ博士《はかせ》、よかったらいっしょにこないかね。ぼくはこれから庭《にわ》のまわりをひとわたり調《しら》べてみるつもりだが」

カマキリ探偵《たんてい》は立ちあがると、バッタ博士といっしょに廊下《ろうか》をぬけてポーチに出た。探偵はポーチをざっと見わたしてからうなずき、つづいて庭に入ると、ここでもすぐになにかを見つけ、好奇心《こうきしん》が満《み》たされたらしい。おしまいに、探偵は表《おもて》の街路《がいろ》に出て、ぬかるみの上にうっすら残された車輪《しゃりん》の跡《あと》を、しばらく腰《こし》をかがめて見つめた。

「もうここにはこれ以上調べるものはないよ、博士」そういうと、カマキリ探偵は体を起《お》こした。「予想《よそう》どおり、スパイというやつは明白《めいはく》な証拠《しょうこ》を残していかない。わかったのは、このスパイが長い脚《あし》の持ち主《ぬし》で、やや前かがみに歩くくせがあり、ブーツの片方《かたほう》のかかとがすこしすりへっていることぐらいかな。たいした手がかりじゃないが」

「いや、驚《おどろ》いたね、カマキリくん。どうしてそこまでくわしいことがわかるんだ？」バッタは手入れのよくない庭《にわ》と表《おもて》の街路《がいろ》を見まわしたが、彼《かれ》の目にはなにひとつ明《あき》らかにならなかった。

カマキリ探偵《たんてい》はその質問《しつもん》を無視《むし》した。関心《かんしん》がすでにつぎの段階《だんかい》へジャンプしたらしい。

「博士《はかせ》、ぼくの記憶《きおく》がまちがっていたら、そういってくれ。たしかハンミョウ公爵夫人《こうしゃくふじん》は、以《い》前《ぜん》きみの患者《かんじゃ》だったんじゃなかったかな？」

「そう、腰痛《ようつう》を治療《ちりょう》したことがある」

「では、うまく彼女《かのじょ》をくどいてくれないか。こんどの大使《たいし》館主催《かんしゅさい》の舞踏《ぶとう》会にわれわれふたりを招待《しょうたい》してほしい、と」

音楽はすばらしく、舞踏会は豪華《ごうか》そのものだったが、バッタ博士はその派手《はで》やかさに、そして、とりわけハンミョウ公爵夫人からおえらがたの面々《めんめん》に紹介《しょうかい》されることに、なんとなくきまりのわるい思いをしていた。みごとなシャンデリアや、みがきあげられた床《ゆか》や、きらびやかなテーブルが性《しょう》に合う連中《れんちゅう》もいるだろう。しかし、こっちはちがう。自分の部屋で暖炉《だんろ》の前にすわり、使《つか》いこんだ鍋《なべ》の中でポップコーンがはぜる音や、屋根《やね》をたたく雨音《あまおと》にのんびり耳をかたむけているほうが、よっぽどたのしい。

「ねえ、先生、アワノメイガ大使《たいし》にご紹介《しょうかい》しますわ。大使さん、こちらがバッタ博士《はかせ》よ。わたしの腰痛《ようつう》を治《なお》してくださった」

「やあ、はじめまして」とアワノメイガ大使がいった。「さっそくだが、わたしの耳の中を診《み》てくださらんか？　医者《いしゃ》に会うたびに、いつもわたしは意見《いけん》を聞くんだよ。そこになにか詰《つ》まってないかね？」

「いや、なにも異常《いじょう》はないようですよ」

バッタ博士はていよく口実《こうじつ》を作ってその場を逃《に》げだし、鉢植《はちう》えにされた大きな植物《しょくぶつ》のかげに避難《ひなん》した。ここなら枝葉《えだは》ごしに舞踏会《ぶとうかい》のようすが見えるし、アワノメイガ大使のような退屈《たいくつ》な相手《あいて》に会わなくてもすむ。

ハンミョウ公爵夫人《こうしゃくふじん》は、こんどはカマキリ探偵《たんてい》をほうぼうへひっぱりまわしているようだ。カマキリ探偵の困惑《こんわく》ぶりを見て、バッタ博士はいくらか胸《むね》のつかえが下《お》りた。わたしをこんなところへ連《つ》れだした男には当然《とうぜん》の報《むく》いだ。しかし、もちろん、もっと大切な目的《もくてき》を忘《わす》れちゃいけない。そう、ここへきたのは大使館《かん》のスパイを見つけるためだった。脚《あし》が長く、やや前かがみに歩く相手《あいて》を。

だが、そんな姿《すがた》はどこにも見あたらなかった。

きっと頭のいいやつにちがいないな、とバッタ博士《はかせ》は考えた。それに、そのスパイの共犯者《きょうはんしゃ》である敵国《てきこく》のスパイも、このバグランド王国のどこかにいるはずだ。チャタテムシ教授《きょうじゅ》がひと足先にそれを見つけて、かじりつくしてしまわなかったら、暗号文《あんごうぶん》入りの『図解《ずかい》バグランドの歴史《れきし》』は、きっといまごろ敵国のスパイの手に渡《わた》っていたことだろう。

「あーらあらあら、先生、こんなところにいらしたんですか！」うしろからやってきたハンミョウ公爵夫人《こうしゃくふじん》が、バッタ博士の不意《ふい》をついてぎくりとさせた。

「あ、そうです、公爵夫人。えーっと、いまこのめずらしい植物《しょくぶつ》の葉を研究《けんきゅう》していたところでして」

「いけませんわ、こちらへいらっしゃらないと。クロバエ男爵《だんしゃく》にご紹介《しょうかい》しますから」

なんと迷惑《めいわく》な、とバッタ博士は思ったが、そのときクロバエ男爵の脚《あし》が長く、軽《かる》く前かがみに歩いているのに気がついた。これは有力容疑者《ゆうりょくようぎしゃ》だぞ！

バッタはすばやく男爵のブーツのかかとに目をやったが、目につくのはピカピカの拍車《はくしゃ》だけだった。しかし、念《ねん》には念を入れなければ。

「はじめまして」バッタ博士《はかせ》はそうあいさつしながらも、かかとがすりへってないかと、相手《あいて》の足もとをちらちらながめた。

「ところで、いったい――」と男爵《だんしゃく》がなじるような目つきでたずねた。「なにを見ておられるのかな？」

「あなたのブーツについている美しい拍車《はくしゃ》ですよ。乗馬《じょうば》はお好《す》きですか？」

男爵は眉《まゆ》をつりあげた。この男は頭がおかしいのではないか、と疑《うたが》ったようだ。

「わたしは履《は》き物が気になるたちでして」いいながら、バッタはすこしわきにまわった。「そのかたの履き物を見れば、朝食になにを召《め》しあがったかがわかるほどです」

男爵はひややかに彼《かれ》を見つめた。「お名前はなんとおっしゃった？」

「バッタです。ハンミョウ公爵夫人《こうしゃくふじん》の主治医《しゅじい》をつとめております」

「で、公爵夫人には、最近《さいきん》どんな医学的助言《いがくてきじょげん》を？」

「正しい食事の重要性《じゅうようせい》についてお話しました。まず、ポップコーンをたくさん食べること。あれは完全食品《かんぜんしょくひん》です」

「ポップコーンが？」男爵はさけんだ。「もちろんご冗談《じょうだん》でしょうな」

「あのすぐれた特質《とくしつ》をご存《ぞん》じない？」バッタ博士は男爵を見あげた。「じつは先日も、その重《じゅう》要性《ようせい》にふれた本を読んだばかりですよ。『図解《ずかい》バグランドの歴史《れきし》』という本ですが……」クロバエ男爵《だんしゃく》のどんなかすかな反応《はんのう》も見のがすまいと、バッタ博士《はかせ》は目をこらしたが、男爵はまつげ一本ふるわさず、博士のほうへ身《み》を乗《の》りだしながら、信《しん》じられないといったように大声でくりかえした。「ポップコーンが？」

ブーツのきびすを返《かえ》して、男爵はすたすたと去《さ》っていった。

そのあとを追《お》いかけ、腰《こし》をかがめて問題《もんだい》のブーツのかかとを調《しら》べようとしていたバッタ博士は、背中《せなか》をぽんとたたかれた。

「なにか落《お》とし物ですか、博士？」

またもぎくりとして博士は跳《と》びあがり、公爵夫人《こうしゃくふじん》になんと弁解《べんかい》しようかと考えたが、意外《いがい》にもそこに立っているのはカマキリ探偵《たんてい》だった。

「カマキリくんか。いまブーツのかかとをたしかめようとしていたのに」

「クロバエ男爵はわれわれの探《さが》しもとめるスパイじゃないよ」

「たしかかね？」

「身長が一センチほど高すぎる。チャタテムシ教授《きょうじゅ》の庭《にわ》に足跡《あしあと》を残《のこ》した男よりはね」

「なるほど。で、ほかになにかわかったことは？」

「機密《きみつ》を漏《も》らした本元《ほんもと》が見つかった」とカマキリは答えた。「あそこに海軍大臣《かいぐんだいじん》がいるだろう？」

バッタ博士《はかせ》はそっちをながめた。陽気《ようき》な老提督《ろうていとく》が、ボウルの中の蜜《みつ》をすくってグラスにそそごうとしているところだ。

「ははあ、あの男がどうかしたのか？」

「アメンボ提督はあの天上《てんじょう》の美味《びみ》が大好物《だいこうぶつ》で、しょっちゅう飲みすごしては酔《よ》っぱらう癖《くせ》がある。もしこの王国の海軍に機密のもれる穴《あな》が存在《そんざい》するとしたら、それはほかならぬ提督自身の掘《ほ》りあけた穴だ」

「しかし、相手《あいて》はいったい？」

カマキリ探偵《たんてい》が口をひらきかけたとき、かんだかい声がふたりをおそった。

「あーらあらあら、先生」ハンミョウ公爵夫人《こうしゃくふじん》だ。「ぜひ、うちの娘《むすめ》に会ってやってくださいましな」

「公爵夫人、あいにく、こちらはあまり時間が……」バッタ博士はあとの言葉を飲みこんだ。これまでに見たこともないほど若《わか》く美しい女性《じょせい》が、公爵夫人のうしろから現《あら》われたのだ。

その美女がにっこり笑《わら》って手をさしのべた。「お会いできてうれしいですわ」

バッタ博士《はかせ》はかがみこんでその指先にキスをした。「こちらこそ光栄《こうえい》です」そういいながら、チャーミングな顔を見あげた。なんと落《お》ちつきと自信《じしん》にあふれて、しかも優雅《ゆうが》で、それに……「失礼《しつれい》」とカマキリ探偵《たんてい》が親友の横からわりこんだ。「申《もう》し訳《わけ》ないが、われわれには急用《きゅうよう》ができまして」

ハンミョウ公爵夫人《こうしゃくふじん》は、パチリと扇《おうぎ》をとじてふたりに向けた。「でも、まだ夜ははじまったばかりですのよ！　おふたりのどちらかでも、ローラと踊《おど》ってやってくださいな」

「お母さま、こちらのおふたりはお帰りになるとおっしゃってるのよ」

ローラ・ハンミョウの瞳《ひとみ》がつかのまこちらを見つめ、バッタ博士はその瞳がこう誘《さそ》っているように思えた。ごいっしょに蜜《みつ》でもいかが？　まったく、カマキリのやつめ！　急用だなんて、よけいなことを！

「では」とカマキリ探偵が博士のコートのうしろすそをひっぱりながらいった。「お言葉に甘《あま》えて、これで失礼することに」

ふたりは向きを変《か》えた。カマキリ探偵に戸口《とぐち》のほうへ急《せ》きたてられながら、バッタ博士は未《み》練《れん》がましくうしろをふりかえった。さっきのクロバエ男爵《だんしゃく》がローラ・ハンミョウに一礼《いちれい》して、彼女《かのじょ》をダンス・フロアまでエスコートしていくところだ。

「まったく気のきかない男だな、きみは」とバッタ博士《はかせ》はカマキリ探偵《たんてい》に恨《うら》み言《ごと》をぶちまけた。

「ほんのしばらくでも、あのお嬢《じょう》さんとふたりきりにしてくれればいいものを」

「これから追跡《ついせき》の仕事《しごと》が待《ま》ちかまえているんだ、博士。海軍省《かいぐんしょう》へのご奉仕《ほうし》でね」

「海軍省など知ったことか。わたしはあの広間《ひろま》でいちばん美しい瞳《ひとみ》をのぞきこんでいたのに」

「いいかい、博士。これがふだんの平和《へいわ》な午後なら、好《す》きなだけローラ嬢と腕《うで》を組んでもらってけっこう。だが、今夜の冒険《ぼうけん》はわれわれを待《ま》ってはくれないよ」

大使館《たいしかん》の戸口《とぐち》にずらりとならんだオシキセムシたちのおじぎに送《おく》りだされて、バッタ博士とカマキリ探偵は中庭《なかにわ》に足を踏《ふ》みだした。石畳《いしだたみ》の上で靴音《くつおと》がこだまする。そこにとめられた、たくさんの虫馬車《むしばしゃ》のあいだを通りぬけるとちゅうで、カマキリ探偵はさりげなくその中の一台を指《ゆび》さした。

「おもしろいものでね、車輪《しゃりん》にもそれぞれの歴史《れきし》がきざまれている。ちょうどブーツのかかとおなじだ」探偵はぎざぎざの傷《きず》がついた車輪の縁《ふち》に手をふれた。「この形は、チャタテムシ教授宅《きょうじゅたく》の前の街路《がいろ》で、ぬかるみの上に残《のこ》されていた跡《あと》とぴったり一致《いっち》するよ」

「じゃ、もうスパイは見つかったわけだ！」

「これは大使館の虫馬車だよ、博士。何人《なんにん》かの役人《やくにん》が共同《きょうどう》でこれを使《つか》っている」

「では、その何人《なんにん》かを見はって、脚《あし》の長い、前かがみの男を見つければいい」

「その男の名前はタマバエだ。それに、彼《かれ》はもうすでに高飛《たかと》びした」

「だが、どうしてそのタマバエという男がスパイだとわかる？」

バッタ博士《はかせ》はたずねた。いま、ふたりは小運河《しょううんが》にかかった橋を渡《わた》っているところで、その話し声は川面《かわも》を流《なが》れる霧《きり》の中に吸《す》いこまれていく。

「きみが公爵夫人《こうしゃくふじん》とワルツを踊《おど》っているあいだに、ぼくは大使館《たいしかん》のオフィスに忍《しの》びこみ、ある種《しゅ》の測定《そくてい》をおこなったんだよ。タマバエのデスクの下には、すりへったブーツのかかとの跡《あと》があった。釘《くぎ》が一本かかとから飛《と》びだして、小さいが特徴《とくちょう》のあるひっかき傷《きず》を作るんだ。つまり、チャタテムシ教授《きょうじゅ》の玄関《げんかん》のポーチにあったのとそっくりの傷をね。その上、ランプとデスクの位置《いち》からも、やつが長身《ちょうしん》で、デスクの上にかがみこんで仕事《しごと》をすることがわかった。この前かがみになる癖《くせ》がよく出たのが、教授の家の庭《にわ》なんだよ。あそこの茂《しげ》みの、頭のすぐ上にある枝《えだ》は、ごくわずかしか分かれた跡がなかった。足跡の深《ふか》さや間隔《かんかく》が、茂みのない場所《ばしょ》とまったく変《か》わらないのにだ。いつも前かがみの姿勢《しせい》で歩かないかぎり、あんな足跡が残《のこ》るはずはない」

「カマキリくん、いまさらながら、きみの推理《すいり》には驚嘆《きょうたん》するばかりだよ！」

「いや、とんでもない。現実《げんじつ》を見たまえ、タマバエはすでに逃亡《とうぼう》したんだぞ」

「われわれはやつを追《お》っているのかね？　霧《きり》があんまり濃《こ》いので、自分がどこにいるのかもよくわからなくなってきた」

「これからやつの逃《に》げ道をさえぎるんだ。つぎの待《ま》ちあわせ場所《ばしょ》で」

「というと？」

「まだ断言《だんげん》はできない。ブーツのかかとの跡《あと》から見るかぎり、いま進《すす》んでいるこの方角《ほうがく》で正しいと思う。あとはやつの居場所《いばしょ》をなんとかさぐりあてるしかない。これを使《つか》って」カマキリ探《たん》偵《てい》は自分の細長い触角《しょっかく》にそっと手をふれ、空中《くうちゅう》で前後にゆらした。「むずかしい」と彼《かれ》はひとりごとをつぶやいた。「じつにむずかしい……」

バッタ博士《はかせ》も触角をふるわせ、あたりをさぐってみたが、百万もの信号《しんごう》が夜を横切《よこぎ》って、とてつもなく大きな、雑然《ざつぜん》とした振動《しんどう》を作りだしていることしかわからなかった。

カマキリ探偵は触角を左右にふり、まだひとりごとをつぶやきながら歩きつづけた。「……羽の縦脈《じゅうみゃく》が二、三本……横脈《おうみゃく》が一本……中脈《ちゅうみゃく》の分岐《ぶんき》のない……」

驚嘆《きょうたん》のあまり、バッタ博士は首をふった。カマキリ探偵は信号をとらえたのだ。精神集中《せいしんしゅうちゅう》したその姿《すがた》は、ある意味《いみ》で博士にはなじみ深《ぶか》いものだった。もし必要《ひつよう》とあれば、この追跡《ついせき》は大地の底《そこ》までもつづくだろう。たとえ砂漠《さばく》で渇《かわ》きのために死にかけても、休息《きゅうそく》もせず、水も飲まずにがんばりつづけるだろう。カマキリ探偵《たんてい》にはどこか常識《じょうしき》でははかりきれないところがある。追跡《ついせき》となると、まるで鬼《おに》だ。いったんにおいを嗅《か》がせれば、猟犬《りょうけん》そこのけで追《お》いつづける。しかたがない、とバッタ博士《はかせ》はため息《いき》をついた。今晩《こんばん》は徹夜《てつや》か。

カマキリ探偵が先に立ち、玉石敷《たまいしじ》きのせまい道を進《すす》んだ。その小道は、一世紀も前に建《た》てられた家《いえ》なみのあいだをぬけて、広い大通りと交差《こうさ》した。その大通りを横切《よこぎ》ると、またもや時に忘《わす》れられたような裏路地《うらろじ》に入る。足場《あしば》はぬかるみ、明かりは旧式《きゅうしき》のものだった。弱々《よわよわ》しくまたくランプは濃《こ》いもやに包《つつ》まれて、ほとんど光が届《とど》かない。しかし、カマキリ探偵は背《せ》をかがめ、首を突《つ》きだして、追跡をつづけた。しだいにその姿《すがた》は、脚《あし》が長くて前かがみの獲物《えもの》、つまり、反逆者《はんぎゃくしゃ》のタマバエとそっくりになってきた。

とつぜんバッタ博士の触角《しょっかく》がピクリとふるえた。立ちどまって、百万もの重《かさ》なりあった夜のネットワークをさぐる。すると、どこか近くのもやの中に、ポップコーン売りの車が！

「なあ、カマキリくん」

しかし、探偵はすでに向きをかえ、ふたつの工場《こうじょう》の建物《たてもの》のあいだにはさまれた、暗《くら》く湿《しめ》っぽい路地へ入っていく。すてきなポップコーンの信号《しんごう》は薄《うす》れていった。バッタ博士は足をひきずりながら、いまやスピードを速《はや》めた親友を追《お》いかけた。

「これだ」カマキリ探偵《たんてい》はブーツの足跡《あしあと》を指《ゆび》さした。かかとがすこしすりへり、隅《すみ》のほうに釘《くぎ》の頭らしいものの輪郭《りんかく》が見わけられる。探偵はかがみこんで、そのかかとの跡を調《しら》べた。「いまいましい、この足跡は二時間前のものだ」

「どうしてそんなことがわかる？」

「つま先に水がたまっている。それに靴底《くつぞこ》の縁《ふち》の形もくずれている。やつはまた手の届《とど》かないところへ行ってしまった」

「とにかく、追いかけよう」

「ちょっと待《ま》ってくれ、博士。なにかの気配《けはい》が……」カマキリ探偵は声をひそめ、影《かげ》を指さした。「早く！　身《み》を隠《かく》せ！」

バッタ博士は空《あ》き樽《だる》の中へ飛《と》びこみ、頭の上にふたをひきよせた。横にあいた栓《せん》の穴《あな》から工《こう》場《じょう》の構内《こうない》が見える。カマキリ探偵の姿《すがた》を求《もと》めてあたりを目で探《さが》したが、探偵は影の中に溶《と》けこんでしまったようだ。どこかこの近くで、だれかを、それともなにかを待《ま》ちうけているのだろう。

まあいいさ、とバッタ博士は思った。ここの居心地《いごこち》もわるくない。二センチの深《ふか》さの水の中につかっているのをがまんすればの話だが。

それにしても腹《はら》がへった。胃袋《いぶくろ》がからっぽの状態《じょうたい》で、何時間も歩きまわっていたのだから。

しかし、そういえば……

待《ま》てよ。たしかどこかに……そうだ、思いだしたぞ！

チョッキの懐中時計用《かいちゅうどけいよう》ポケットから、彼《かれ》はレーズンの入った小箱《こばこ》をとりだした。さっき、追《つい》跡《せき》に夢中《むちゅう》になっていたときは、これのことをすっかり忘《わす》れていたのだ。

これこそ天の助け。うまい、うまい。

さて、あとはひまつぶしに読む本でもあれば……

空《あ》き樽の内側《うちがわ》にもたれ、すこし姿勢《しせい》を変《か》えようとしたとき、なにかが背中《せなか》にふれた。うしろをさぐると、驚《おどろ》いたことに一冊の本が手にふれた。防水布《ぼうすいふ》の袋《ふくろ》に入れて、樽の内側にはりつけてあったのだ。

じつにおかしなことだ。空き樽の中に本をしまっておくなんて話は聞いたことがない。

博士《はかせ》はその本を栓《せん》の穴《あな》に近づけた。穴からは月光《げっこう》がさしこんでくる。

『図解《ずかい》バグランドの歴史《れきし》 第二巻《かん》』か。

た、大変《たいへん》だ！

タマバエの隠《かく》した本にちがいないぞ。

さっそくカマキリ探偵《たんてい》に報告《ほうこく》しなくては。

博士《はかせ》は立ち上がりかけたが、そのとき、路地《ろじ》のむこうから足音が聞こえた。あわててまた樽《たる》の底《そこ》にしゃがみこんだ。

足音が近づいてきた。バッタ博士は格闘《かくとう》を覚悟《かくご》して身《み》をひきしめたが、その足音はゆっくりと空《あ》き樽《だる》の横を通りすぎ、工場《こうじょう》の構内《こうない》へ入っていった。おぼろな明かりの中に、獲物《えもの》の姿《すがた》が見えた。むこうはうしろをふりかえり、だれもいないのをたしかめているようすだ。バッタ博士がそこに見たものは、タマバエではなく、それ以上《いじょう》に不愉快《ふゆかい》な、鳥の羽に巣食《すく》うニワトリハジラミの顔だった。

これが共犯者《きょうはんしゃ》か、とバッタは思った。やつはきっと新しい暗号文《あんごうぶん》をとりにきたにちがいない。だが、それはこの樽の中に隠されている。

ニワトリハジラミは、あたりにだれの目もないのをたしかめてから、樽に近づいた。ふたをあけ、手を中につっこんだが、その手にふれたものはバッタ博士の山高帽《やまたかぼう》だった。

「こんばんは」バッタ博士が山高帽のあとから姿を現《あら》わした。

ニワトリハジラミがとびのいたとき、うしろにはすでにカマキリ探偵の腕《うで》が待《ま》ちかまえていた。「いらっしゃい、ニワトリハジラミくん。お待《ま》ちしていたよ」暴《あば》れもがく敵国《てきこく》のスパイを怪力《かいりき》でうしろからはがいじめにして、カマキリ探偵《たんてい》はいった。

「おまえたちは……おまえたちはだれだ？」

「きみが転覆《てんぷく》をはかった王国のしもべだよ、ニワトリハジラミくん」

　ニワトリハジラミはまだ暴れつづけたが、カマキリ探偵はうむをいわせず、相手《あいて》を通路《つうろ》の先へひきずっていった。『図解《ずかい》バグランドの歴史《れきし》　第《だい》二巻』は無事《ぶじ》にとりもどされたのだ。バッタ博士《はかせ》はその本をめくり、本文《ほんぶん》のところどころで文字の下に小さい針穴《はりあな》があるのに気づいた。針穴のある文字を順々《じゅんじゅん》にたどっていくと、この本の著者《ちょしゃ》が意図《いと》したのとはまったくべつのメッセージがそこに現《あら》われる。

「おい、カマキリくん、暗号《あんごう》の仕組《しく》みがつかめたぞ！」

「よし。いまからわれわれは、このメッセージを書いた男を探《さが》さなくちゃならない。だが、その前にこいつをその筋《すじ》へひきわたさなければ」そういうと、探偵は淋《さび》しい道をやってきた虫馬《むしば》車《しゃ》を呼《よ》びとめた。

「なんの証拠《しょうこ》もないくせに」と捕虜《ほりょ》がうそぶいた。

「いや、証拠はたっぷりあるさ、ニワトリハジラミくん」カマキリ探偵はそういうと、虫馬車のドアをあけ、敵国《てきこく》のスパイをかかえあげて、座席《ざせき》にすわらせた。

「タマバエはきっと変装《へんそう》しているぞ」

カマキリ探偵《たんてい》はバッタ博士《はかせ》といっしょに駅《えき》の待合室《まちあいしつ》に入った。どちらもふつうの旅行客《りょこうきゃく》の服《ふく》装で、スーツケースをひとつずつさげている。

「しかし、やつが列車《れっしゃ》に乗《の》るとどうしてわかった？」とバッタ博士がきいた。

「あの工場《こうじょう》までやつを追跡《ついせき》していくあいだ、ぼくがたえず受信《じゅしん》したイメージがあるんだよ、博士。うしろへ飛《と》び去《さ》っていく木と丘《おか》と家……それは疾走《しっそう》する列車から見える風景《ふうけい》だ。やつはきっとつぎにとるべき手段《しゅだん》を考えていたにちがいない」

「まいったね、カマキリくん、虫の世界広しといえども、それほど敏感《びんかん》な触角《しょっかく》の持ち主《ぬし》はきみだけだろうな」

「いや、生まれつきの能力《のうりょく》というより訓練《くんれん》のたまものだよ、博士。きみにもおなじ訓練をすめるな。もしポップコーン売りの車以外《いがい》のものを見つけたければね」

「おいおい、カマキリくん。そこまでわたしをばかにしなくてもいいじゃないか」

「ただの冗談《じょうだん》だよ、博士、どうかお許《ゆる》しを」カマキリはにっこりした。「きみはかけがえのない相棒《あいぼう》さ」

バッタ博士《はかせ》は照《て》れくさそうに咳《せき》ばらいした。しかし、いうまでもなく、これでスーツケースの小さいファスナーをあけて、こっそり詰《つ》めこんである非常食《ひじょうしょく》のポップコーンを頰《ほお》ばるわけにはいかなくなった。カマキリ探偵《たんてい》がそれを見たら、きっとまたからかいの種《たね》にするだろう。

「腰《こし》でもかけようか、博士。もっとも、そんなに長く待《ま》つ必要《ひつよう》はないと思うがね」カマキリ探偵はベンチに腰をおろすと、やや仰《あお》向きかげんになって、敏感《びんかん》な触角《しょっかく》をある角度に向けた。

「強い不安《ふあん》のこもった興奮《こうふん》の気配《けはい》が感《かん》じられる。ふつうの乗客《じょうきゃく》が作りだす信号《しんごう》よりもはるかに強い」探偵は目をつむり、ささやくような低《ひく》い声でいった。「いま、ぼくが感じているのは、逃走中《とうそうちゅう》のスパイの不安だよ」

やがて、カマキリ探偵は眠《ねむ》りこんでしまったらしい。待合室《まちあいしつ》のベンチに腰かけたほかの乗客も、大部分《だいぶぶん》が居眠《いねむ》りしている。バッタ博士はこの機会《きかい》を逃《のが》さず、そうっとスーツケースのファスナーをあけ、ひとつかみのポップコーンをとりだした。

うまい。まだそんなに湿気《しっけ》てもいないし。

それを嚙《か》みこなす音はほとんど聞こえないほどなのに、かすかな笑《え》みがカマキリ探偵の唇《くちびる》をかすめた。しかし、バッタ博士は思った。笑《わら》うなら笑え。こっちは腹《はら》ぺこなんだ。

だが、つぎのポップコーンを口に入れかけたとき、博士《はかせ》の目はドアにひきよせられた。背《せ》の高い、やや前かがみの男が、重《おも》そうなスーツケースをさげて、待合室《まちあいしつ》に入ってきたのだ。しっかりと首に巻《ま》きつけられたスカーフが、顔までをほとんど隠《かく》している。

バッタ博士はふりかえった。いつのまにかカマキリ探偵《たんてい》は深《ふか》い眠《ねむ》りにおちたらしい。

いいさ、と博士は思った。わたしがこの事件《じけん》を解決《かいけつ》してやる。カマキリ探偵のやつ、土壇場《どたんば》でおいてきぼりを食ったことに気づいたら、きっと赤面《せきめん》して恥《は》じいるだろう。

バッタ博士は立ちあがり、ステッキを握《にぎ》りしめると、きっぷ売場の前に立った、背の高い、前かがみの旅行客《りょこうきゃく》のそばへ近づいた。そしてその男のうしろにならぶと、低《ひく》い声でいった。

「もうおしまいだぞ、タマバエ。抵抗《ていこう》するようなら、このステッキで二度と歩けないほどぶちのめしてくれる」

男はゆっくりとふりかえった。スカーフがすこし下にずれた。バッタ博士を見つめる目はひややかで、その声は痛烈《つうれつ》だった。

「おやおや。だれかと思えば、ポップコーン博士でしたか」

バッタ博士はぎくりとしてあとずさった。

「あ、クロバエ男爵《だんしゃく》、これはどうも失礼《しつれい》。とんだかんちがいでした。てっきりあなたのことを

……」

「ポップコーンの売り子だとでも思ったのかね？」

男爵《だんしゃく》はスカーフをととのえ、きっぷを買って、すたすたと歩き去《さ》った。バッタ博士《はかせ》は頭の中が混乱《こんらん》したまま、待合室《まちあいしつ》の中に立ちつくした。

だが、その瞬間《しゅんかん》、カマキリ探偵《たんてい》のさけび声《ごえ》がこだまし、博士はうしろをふりかえった。探偵が待合室からひとりの男を追《お》って、プラットホームへ飛《と》びだしていく。

バッタ博士は二度のジャンプで待合室を横切《よこぎ》り、プラットホームへのドアをくぐった。カマキリ探偵はすでに線路《せんろ》に降《お》りて、背《せ》の高い、前かがみのタマバエを追いかけている。タマバエのマントがうしろになびいて大きくひろがり、反対側《はんたいがわ》のプラットホームへよじ登《のぼ》ろうとするところだ。

「待《ま》て！」バッタ博士《はかせ》はさけんで追跡《ついせき》に加《くわ》わり、ピカピカ光るレールを飛《と》び越《こ》えた。

カマキリ探偵《たんてい》はジャンプ一番、タマバエの登った上《のぼ》りのプラットホームに飛びうつった。スパイは駅《えき》の待合室《まちあいしつ》を駆《か》けぬけていく。探偵は全速力《ぜんそくりょく》でそのあとを追いかけると、相手《あいて》のブーツのかかとめがけてダイビング・タックルした。からまりながら待合室の床《ゆか》の上をごろごろと転《ころ》がるうち、スパイは宝石《ほうせき》の飾《かざ》りのある短剣《たんけん》をぬいた。カマキリ探偵めがけて突《つ》いてきたが、探偵はさっと切《き》っ先《さき》をかわして手首をつかみ、短剣をもぎとると、相手を床に組み伏《ふ》せた。

「抵抗《ていこう》はやめろ、エイドリアン・タマバエ。さもないと、腕《うで》を四本ともへし折《お》るぞ」

そこへバッタ博士が駅勤務《きんむ》の警官《けいかん》といっしょにかけつけた。旅客《りょかく》たちが遠巻《とおま》きに輪《わ》を作りはじめた。

「さあよし」と警官はいった。「これはいったいどういうことです？」

カマキリ探偵に捕《と》らえられた男がいった。「わたしはエイドリアン・C・タマバエ。国王陛《へい》下《か》におつかえする大使《たいし》館員《かんいん》だ。ところがこの乱暴者《らんぼうもの》は……」

「カマキリ探偵といってくれ。タマバエくん、きみのゲームもここまでだな。おまわりさん、この男のスパイ行為《こうい》については決定的《けっていてき》な証拠《しょうこ》があがっているんだよ。もよりの警察署《けいさつしょ》まで、タマバエ氏を連行《れんこう》したほうがいい」

「わかりました、探偵《たんてい》さん」と警官《けいかん》はいった。「さあ、くるんだ、この……」

タマバエがもがきながら連《つ》れ去《さ》られたあと、カマキリ探偵は帽子《ぼうし》をかぶりなおした。

「博士《はかせ》、さっき、クロバエ男爵《だんしゃく》ときみの話し声が聞こえたんだが。彼《かれ》は元気だったかい？」

昼さがり、バッタ博士は暖炉《だんろ》の前にすわって、スクラップブックをひろげている。いま、博士は新聞の切り抜《ぬ》きをそこに貼《は》りつけた。エイドリアン・タマバエと共犯者《きょうはんしゃ》のニワトリハジラミが逮捕《たいほ》された、という短い記事《きじ》だ。おなじ部屋の反対側《はんたいがわ》では、カマキリ探偵が壁《かべ》に突《つ》き刺《さ》さったダーツをひきぬいていた。ドアにノックの音がして、ふたりは顔を上げた。ドアをあけにいったのはバッタ博士だった。カマキリ探偵はダーツを持った手を背中《せなか》に隠《かく》した。

「お手紙がきてますよ、先生」シャクトリムシ夫人《ふじん》はその手紙を博士の手に押《お》しつけた。「ずいぶんりっぱな封筒《ふうとう》ね」

「ありがとう、奥《おく》さん。わざわざ届《とど》けてくださってどうも」

博士は下宿屋《げしゅくや》のおかみの好奇心《こうきしん》にあふれた視線《しせん》をさえぎるようにドアを静《しず》かにしめ、その手紙を暖炉のそばのイスまで持ちかえった。

「いいニュースかね、博士《はかせ》?」カマキリ探偵《たんてい》はたずねた。その封筒《ふうとう》を明かりにかざし、ためつすがめつしている博士の顔に、喜《よろこ》びの表情《ひょうじょう》が浮《う》かんだのを見てとったのだ。

「ハンミョウ公爵夫人《こうしゃくふじん》からだ」博士は元気よく答えた。「いったいなんだろうな?」

「その問題《もんだい》の解決《かいけつ》には、封筒をひらくのがいちばん早道《はやみち》だという説《せつ》がある」カマキリ探偵はバッタ博士のイスのそばへと身《み》を乗《の》りだしてきた。

「ははん! 気になるんだな、カマキリくん。さあ、認《みと》めろよ——きみが好奇心《こうきしん》にかられ、死ぬほどうらやましがっていることをな。この中になにがあるのか? きまってる。ハンミョウ公爵邸《てい》への招待状《しょうたいじょう》さ。ローラ・ハンミョウ嬢《じょう》との午後のお茶会《ちゃかい》だ」

「招待されるってわかってたのかい?」

「ああ、もちろん! 今週の月曜にハガキを出してね、これからの数週間の週末はいつも手すきですから、と知らせておいたんだ」

「では、きみの願《ねが》っていた返事《へんじ》が届《とど》いたわけか」

カマキリ探偵はそういうと、ダーツのほうに注意《ちゅうい》をもどすふりをした。そのすきに、バッタ博士は封筒をひらいた。

部屋の中には長い沈黙《ちんもく》がつづき、その静《しず》けさを破《やぶ》るのはパチパチとはぜる薪《まき》の音だけになった。つぎにカマキリがふりかえったときには、すでにさっきの封筒《ふうとう》も、その中身《なかみ》も暖炉《だんろ》の火にくべられ、煙《けむり》を上げながら端《はし》がまるまっていた。

「どうやら正式《せいしき》のあいさつ状《じょう》だったらしいね、博士《はかせ》」

カマキリ探偵《たんてい》がたずねるうちにも、すでに炎《ほのお》の赤い舌は印刷《いんさつ》された文字をちろちろとなめていた。

「そのとおり」バッタ博士が陰気《いんき》な声で答えた。

「いったいなんのあいさつ状だい？」

「ローラ・ハンミョウ嬢《じょう》とクロバエ男爵《だんしゃく》の婚約発表《こんやくはっぴょう》だよ、くだらん」

カマキリ探偵は食器棚《だな》をあけ、小さな金色のトウモロコシが入った袋《ふくろ》と、ポップコーン鍋《なべ》を運《はこ》んできた。

「こいつを食べたほうがいいよ。きみはすこしへばりぎみのようだから」

「ありがとう」バッタ博士はポップコーン鍋を受けとった。「どうもご親切に」

「いや、どういたしまして」とカマキリ探偵が答えた。

ふたりの親友が暖炉の前にすわって炎をながめ、ポップコーン鍋のトウモロコシがはじける陽気《ようき》な音に耳をかたむけるうちに、外のノミ街《がい》では午後の霧雨《きりさめ》が降《ふ》りはじめた。

第三話　イモムシの頭の怪《かい》事《じ》件《けん》

バッタ博士《はかせ》はコンロの前に立ち、ファッジをゆっくりかきまぜていた。

「また腹《はら》をこわすぞ」そのそばを通りすぎしなにカマキリ探偵《たんてい》がいった。

「腹をこわす？　そりゃまたどういう意味《いみ》だね、カマキリくん？」

「きみはファッジを食べすぎるからさ」

バッタ博士は材料《ざいりょう》を混《ま》ぜてあたためたたねを固《かた》めるため、浅《あさ》い型《かた》に移《うつ》した。「ご心配《しんぱい》なく。わたしはただひときれのファッジでじゅうぶん満足《まんぞく》できる」

「その中身《なかみ》がたった一時間でなくなるのは、自分でもよくわかっているはずだ」

「これは聞きずてならんな、カマキリくん。かりにもわたしは医者《いしゃ》だよ。自分の体がどれだけの量《りょう》のファッジを受けいれられるかぐらいのことは知ってるさ」

「たしかに、きみがこれまでの一生《いっしょう》でたいらげた量からすれば、その問題《もんだい》についての研究論文《けんきゅうろんぶん》だって書けるだろうな」

「ああ、そうするかもしれない」バッタ博士《はかせ》はとろりとしたソースをながめた。

カマキリ探偵《たんてい》も浅《あさ》い型《かた》の中をのぞきこんだ。「ほう、こりゃうまそうだ」

「きみの分がなくてお気のどく」とバッタ博士がいった。

カマキリ探偵は、博士が使《つか》いっぱなしで積《つ》みあげてある食器のうずたかい山を指《ゆび》さした。

「もし、ぼくが皿洗《さらあら》いをひきうけるとしたら？」

「それなら、その問題《もんだい》を考えなおしてもいい」

しかしその問題は、ドアにひびいたノックの音で中断《ちゅうだん》された。

「なんだろう？」とカマキリ探偵はいった。「また事件《じけん》かな？」

「まちがいない」とバッタ博士は答えた。「しかし、この世《よ》のいかなる力をもってしても、わたしをこの十二個《こ》のファッジからひきはなすことは……」そういいながら、固《かた》まりはじめたファッジにたてよこの切り目を入れた。

カマキリ探偵はドアをあけた。戸口《とぐち》に立っているのは、ブルーの服《ふく》に身《み》を包《つつ》んだ、やせぎすの若《わか》い男だった。優美《ゆうび》な羽が不安《ふあん》そうにひらひらと動《うご》いている。その若者《わかもの》の目はとても大きく、床《ゆか》と、天井《てんじょう》と、この部屋のあらゆる部分《ぶぶん》をひと目で見てとっているように思えた。「こちらが

カマキリ探偵《たんてい》のお住《す》まいでしょうか？」

「そうです」と探偵は答えた。「どうぞ中へ」

　カマキリ探偵はやせぎすの男に暖炉《だんろ》のそばのイスをすすめ、くすぶっていた火をかきおこした。若《わか》い客《きゃく》が腰《こし》をおろすのを待《ま》って、バッタ博士《はかせ》が切りわけたファッジのひと皿《さら》を暖炉の前まで運《はこ》んできた。「おひとつどうぞ。いくらさしせまった事件《じけん》でも、ファッジをつまむぐらいの時間はあるでしょう」

　カマキリ探偵が手をのばし、ひときれとった。「それには賛成《さんせい》せざるをえないね」

「じゃ、えんりょなくいただきます」と若い客はいい、あっというまに、皿はからっぽになった。

　バッタ博士はにこにこ顔《がお》でおかわりをとりにいった。事件の解決《かいけつ》にあたっては、こういうやりかたこそ正しい。たえずそこに生活のたのしみをまじえていくべきだ。そう考えながら、博士《はかせ》がファッジのおかわりを皿《さら》にのせてひきかえしてくると、ちょうどカマキリ探偵《たんてい》が客《きゃく》のほうへ身《み》を乗《の》りだしたところだった。

「では、お話をうかがいましょうか。ここでおかわりが出れば申《もう》し分《ぶん》ないんだが——ああ、博士、どうもありがとう、これはこれは」

しばらくするうちに、二枚《まい》目の皿もからになった。バッタ博士はイスの背《せ》にもたれ、ほんわかした満腹感《まんぷくかん》をたのしんでいた。しかし、客は緊張《きんちょう》して落《お》ちつかないようすだ。なにかが心に重《おも》くのしかかっているらしい。

「ぼくの名はロドニー・イトトンボといいます」

客はかたわらの暖炉《だんろ》の上にあるポップコーン鍋《なべ》をいじりながら、そう切りだした。

カマキリ探偵は、背もたれの高いイスの上ですわりなおした。それからとつぜん完全《かんぜん》な精神《せいしん》集中状態《しゅうちゅうじょうたい》に入ったのか、まるで石に変《か》わったかのようにぴくりとも動《うご》かなくなった。

「イトトンボさん、あなたはテニスはお上手だが、金づかいは荒《あら》いようですね」

イトトンボはイスの上で身を凍《こお》りつかせた。あたかも虫ピンでそこにとめられたように。

「どうしてそれを……」

「あなたがそのポップコーン鍋をもてあそぶしぐさは、目に見えないテニスのボールを打ちかえそうとしているようだからです」カマキリ探偵《たんてい》は微笑《びしょう》した。「まあ、テニスがお得意《とくい》なのは当然《とうぜん》かもしれませんな。なにしろ、あなたの目は三万ものレンズの集まりで、そのひとつひとつが、どんな小さい物体《ぶったい》をも見のがさず、細《こま》かいタイルをよせ集めたすばらしいモザイクのように、ひとつの像《ぞう》をつくるのですから」

「たしかにぼくは少々《しょうしょう》テニスをやります」イトトンボはまだポップコーン鍋《なべ》をもてあそびながらいった。「しかし、最近《さいきん》ぼくが大損《おおぞん》をしたことまでどうしてご存《ぞん》じで？」

「あなたのポケットから質札《しちふだ》がのぞいているからです」そういいながらカマキリは腕《うで》をのばして質札をつまみとり、それを空中《くうちゅう》にかざした。「で、質草《しちぐさ》はなんでした？　もっとも、すぐに見当《けんとう》がつく気もしますが」

「ご想像《そうぞう》どおり、質草は愛用《あいよう》のラケットです」イトトンボは悲《かな》しげにいって、ポップコーン鍋を下におくと、探偵を見あげた。「しかし、それは不運《ふうん》のごく一部《ぶ》でしかありません。それよりもっと貴重《きちょう》なものをなくしたのです」

「つづけてください、イトトンボさん。興味《きょうみ》しんしんですな」

「もうすでにお察《さっ》しかもしれませんが、ぼくは生まれついての道楽者《どうらくもの》です。世界を放浪《ほうろう》してまわった経験《けいけん》もあります。そんな関係《かんけい》で、ごく最近ある男に出会ったんですよ。じつは船内《せんない》で知りあったんですが、そこでいろいろな話になって、あれやこれや……」

「具体的《ぐたいてき》な事実《じじつ》をどうぞ、イトトンボさん」カマキリ探偵《たんてい》がじれったそうにいった。

「具体的な事実はこうです。彼《かれ》はちょっとしたお宝《たから》を見つけました。琥珀《こはく》の中に保存《ほぞん》されたイモムシの頭です。彼にいわせると、それは」ここでイトトンボは身《み》を乗《の》りだした。「一億年も前のものだそうです」

「貴重《きちょう》なものですな」カマキリ探偵はパイプにマッチの火を近づけた。まもなく煙《けむり》の輪《わ》が彼のひたいをとりまいた。

「そう、非常《ひじょう》に貴重です。おまけに美しい。あんなに美しいものは見たこともありません」

「あなたのお知りあいはそのお宝を売ろうとしていたのですか？」

「そうです。そんなわけで、ぼくも買い手探《さが》しを手伝《てつだ》うことになりました。さっきも申《もう》しあげたとおり、ほうぼうを旅《たび》してまわったので、知りあいが多いんです。この社会のピンからキリまで……」

カマキリ探偵がイスの上でじれったそうに身《み》じろぎすると、イトトンボはあわてて話を先に進《すす》めた。「ところが、その……彼が行方不明《ゆくえふめい》になってしまったんですよ。チャーリー・キノコムシは姿《すがた》を消《け》してしまいました。一億年前のイモムシの頭といっしょに」

「で、あなたはなにかの犯罪《はんざい》に巻《ま》きこまれたのではないかと疑《うたが》っておられる？」

「彼《かれ》の部屋が荒《あ》らされた形跡《けいせき》がありますから」

カマキリ探偵《たんてい》は、背《せ》もたれの高いイスから長身《ちょうしん》を起《お》こした。

「では、いますぐその部屋へ案内《あんない》してください、イトトンボさん」

バッタ博士《はかせ》も自分のイスから立ちあがり、急《いそ》いでコンロのそばに近づくと、残《のこ》ったファッジをぜんぶポケットに詰《つ》めこんだ。

虫馬車《むしばしゃ》の車輪《しゃりん》がギイギイきしり、イトトンボ青年《せいねん》は暗《くら》い顔で窓《まど》の外を見つめた。「イモムシの頭の買い手が見つかれば、ぼくもささやかな手《て》数料《すうりょう》がもらえるはずでした。ところが、こうなると……」

「こうなると、ギターも質《しち》に入れなくてはならない」

イトトンボはおどろいて顔を上げた。「どうしてギターのことをご存《ぞん》じなんですか？」

「イトトンボさん、あなたは持ち物のすくないかただ。加《くわ》えてその指先にある筋《すじ》は、どう見ても長年かかってできたものです。そこから推理《すいり》すると、筋はおそらく弦《げん》を押《お》さえた跡《あと》、つまり弦楽器《げんがっき》を演奏《えんそう》されるらしい。とすれば、たぶんギターでしょう。つぎの質草《しちぐさ》としては、じつに当然《とうぜん》の選択《せんたく》に思えますがね」

虫馬車《むしばしゃ》がスピードをゆるめると、イトトンボはひとつの窓《まど》を指《ゆび》さした。

「あれがチャーリー・キノコムシの部屋です。あなたがぼくの経済状態《けいざいじょうたい》を言い当てられたのとおなじように、彼《かれ》の身《み》になにが起《お》きたかを推理《すいり》してくださるとありがたいんですが」

「やってみましょう」

まもなくバッタ博士《はかせ》と、カマキリ探偵《たんてい》と、イトトンボは、そのみすぼらしい下宿屋《げしゅくや》の中に入った。イトトンボが先に立って玄関《げんかん》を通りぬけ、階段《かいだん》を登《のぼ》り、そして指さした。

「チャーリーの部屋はすぐこの先です。ドアの錠《じょう》はこわされたままなので、勝手《かって》に中へ入れます」

カマキリ探偵は部屋に入り、荒《あ》らされた室内《しつない》をすばやく見まわした。バッタ博士は、布《ぬの》がすりきれて、へこんだイスのへりをさわりながらいった。

「キノコムシくんの趣味《しゅみ》は、あまりぜいたくとはいえないね」

「彼はぼくと同様《どうよう》に文《もん》なしでした」とイトトンボは答えた。「しかし、ふたりとも運《うん》がひらけるところだったんですよ。あのイモムシの頭で」

「そう、あなたがたの開運《かいうん》のお宝《たから》が消《き》えうせたのは、じつに不運《ふうん》だ」小さなうす暗《ぐら》い部屋のすみずみまでを、カマキリ探偵《たんてい》は丹念《たんねん》に調《しら》べてまわった。ひらきっぱなしの引き出し、乱雑《らんざつ》なクローゼット、ひきさかれた敷物《しきもの》。「さて、ここにはなにがあるかな？」そういいながら、探偵はキノコムシのベッドのそばに腰《こし》をかがめた。

ベッドのそばの床《ゆか》の上には、火山の形によく似《に》た小さい円錐《えんすい》がふたつ。細《こま》かい薄片《はくへん》が積《つ》み重《かさ》なった感《かん》じで、どちらも真《ま》ん中《なか》に穴《あな》があいている。カマキリ探偵がふたつの円錐に軽《かる》く手をふれただけで、どちらもぼろぼろにくずれ、ただの粉末《ふんまつ》になってしまった。残《のこ》された粉末の中から、何本かの釘《くぎ》と、いくつかのハト目の金具《かなぐ》と、太い糸の切れはしが現《あら》われた。

カマキリ探偵がいった。「これはキノコムシくんの靴《くつ》の残骸《ざんがい》だ」

「彼《かれ》の靴だって？」とバッタ博士《はかせ》がさけんだ。「なんとふしぎな！」

「さほどふしぎでもないよ、博士」カマキリ探偵はイトトンボに向きなおった。「あなたがチャーリー・キノコムシと知りあった船は、バナナランドを出帆《しゅっぱん》した船ですか？」

イトトンボのでっかい目がさらにでっかくなった。「そうです！　そのとおりです！」

「思ったとおりだ」探偵はそういうと、もう一度室内《しつない》を見まわした。

「だけど、どうしてわかりました？」イトトンボはたずねながら、探偵のあとから戸口《とぐち》に向かった。いま、バッタ博士がそのドアをあけようとしているところだ。

「気をつけたほうがいいよ、博士《はかせ》」とカマキリ探偵《たんてい》がいった。「そのドアは……」

そう注意《ちゅうい》したときにはもう遅《おそ》かった。バッタ博士があけたとたん、ドアはばらばらにこわれ、オガクズが渦《うず》を巻《ま》いて吹《ふ》きあがっては、雨のように降《ふ》ってきた。

「ひどい建具《たてぐ》だな」博士はこわれたドアを踏《ふ》みつけながらいった。

「いや、もとはがんじょうだったんだよ」と探偵はいった。「けさまではね。そうでしょう、イトトンボさん？」

「そうです。だが、どうして……」

「イトトンボさん、その前に答えてください。イモムシの頭の買い手は、願《ねが》いどおりに見つかったんですか？」

「見つかりました。こんどの事件《じけん》でぼくが幸運《こううん》に恵《めぐ》まれたのはそれだけです。たまたま、知りあいに裕福《ゆうふく》な骨董品《こっとうひん》のコレクターがいましてね。ゾウムシ街《がい》に店を出していますが」

「というと、あのエリオット・メミズムシ父子商会《ふししょうかい》？」

「ええ、まさにそうです。キノコムシとぼくは、今晩先方《こんばんせんぽう》と会う約束《やくそく》でした」

カマキリ探偵はすばやく階段《かいだん》に向きなおった。「では、イトトンボさん、ぼくらはここで失《しっ》礼《れい》します。あなたは早く質屋《しちや》へ行ってらっしゃい。そのあいだに、バッタ博士とぼくは全力をつくして、イモムシの頭の消失事件《しょうしつじけん》を解決《かいけつ》します」

「それと、チャーリー・キノコムシの行方《ゆくえ》もお願《ねが》いします」とイトトンボがいった。「彼《かれ》も急《きゅう》に姿《すがた》を消《け》しました」

カマキリ探偵《たんてい》はゆっくりと答えた。「残念《ざんねん》ながら、あなたがチャーリー・キノコムシに再会《さいかい》できる可能性《かのうせい》は、ほとんどないと思いますよ」

「さて、カマキリくん、きみはこの事件をどう思う？」バッタ博士《はかせ》は虫馬車《むしばしゃ》の中で親友の顔をうかがった。探偵の頭はいまにも天井《てんじょう》にくっつきそうだ。

「テルメス・ベリコーサス」カマキリ探偵がパイプをくわえたままでいった。

「え？」

「シロアリだよ、親愛《しんあい》なるバッタ博士。チャーリー・キノコムシはシロアリの一部族《ぶぞく》におそわれたんだ。彼はその部族の聖《せい》なる偶像《ぐうぞう》、つまり、琥珀《こはく》の中に保存《ほぞん》されたイモムシの頭を盗《ぬす》んだ。むこうは海を渡《わた》って、彼を追《お》ってきた。どんな方法《ほうほう》を使《つか》ったかは永久《えいきゅう》にわからないだろう。だが、とにかく、シロアリたちは彼を見つけた」

「なるほど」とバッタ博士はいった。「そのシロアリたちが、キノコムシの部屋のドアを、ちょうつがいだけ残《のこ》して食べてしまったのか」

「それと彼《かれ》の靴《くつ》もね。だが、もっと不気味《ぶきみ》なのは、彼まで食べてしまったことだ」

「なんと恐《おそ》ろしい！」

「むこうは食肉種族《しょくにくしゅぞく》だからね、博士《はかせ》。あまり気分のいい話じゃない。だが、キノコムシだって、危険《きけん》は承知《しょうち》の上だったろう。彼はイチかバチかの賭《か》けに出た」カマキリ探偵《たんてい》は窓《まど》の外でパイプを軽《かる》くたたいて灰《はい》を落《お》とした。「そして、その賭けに負けたんだ」

バッタ博士は行く手に立ちならぶ美しい商店街《しょうてんがい》に目をやった。「ゾウムシ街《がい》はもうすぐだぞ」

「あそこがメミズムシ父子商会《ふししょうかい》だ。御者《ぎょしゃ》さん！」

カマキリ探偵の合図《あいず》で、虫馬車《むしばしゃ》は歩道わきにとまった。バッタ博士が降《お》りたところは、骨董店《こっとうてん》の飾《かざ》り窓《まど》の前で、そこにはありとあらゆる時代の宝物《たからもの》が陳列《ちんれつ》されていた、花瓶《かびん》、彫像《ちょうぞう》、ランプ……。しかし、たぶんなによりも印象的《いんしょうてき》なのは、宝石細工《ほうせきざいく》の花だ。その花のめしべには、すばらしく美しい柱頭《ちゅうとう》と花柱《かちゅう》と子房《しぼう》があり、どの部分《ぶぶん》も清《きよ》らかな光を放《はな》つルビーとダイヤとエメラルドで作られていた。つかのま、その宝石《ほうせき》の光が薄《うす》れたのは、背《せ》の高い影《かげ》が飾り窓の前を横切《よこぎ》ったからだった。カマキリ探偵は骨董店の戸口《とぐち》をくぐり、バッタ博士もそのあとにつづいた。

二代目《だいめ》である息子《むすこ》のメミズムシが、客《きゃく》を迎《むか》えようとビジネスライクな足どりで近づいたが、その出っぱった目はふだん以上《いじょう》に出っぱり、心配《しんぱい》そうに見えた。カマキリ探偵《たんてい》はいきなりこう切りだした。「では、あなたのお父上《ちちうえ》も失踪《しっそう》されたんですね？」

若《わか》いメミズムシはぎくりとして、いったんうしろへとびのいてから、ようやく気をとりなおし、「どうしてわかりました？」と不審《ふしん》そうにたずねた。

「ぼくはこういうものです」名刺《めいし》をさしだしながら、長身《ちょうしん》のカマキリ探偵は若いメミズムシに向かって腰《こし》をかがめた。

「ふむ」若いメミズムシは、まだうちとけた態度《たいど》とはいえなかった。「すると、あなたがたはこの事件《じけん》を捜査中《そうさちゅう》で？」

「どんな状況《じょうきょう》のもとでお父上が失踪されたかを話していただけば、お役《やく》に立てるかもしれません」

「父は急《きゅう》にいなくなりました。わかっているのはそれだけです」

「ひょっとしてお父上は、ある秘宝《ひほう》を入手《にゅうしゅ》されたばかりだったのでは？　琥珀《こはく》の中に保存《ほぞん》されたイモムシの頭を？」

若いメミズムシは全身《ぜんしん》の力がぬけてしまったようで、黒っぽい凝《こ》ったつくりのイスに腰を落《お》

とし、出っぱった目で心配《しんぱい》そうに床《ゆか》を見つめた。「では、なにもかもご存《ぞん》じなんですね」

「われわれが知っていることは、ごく一部《ぶ》です」

「父はゆうべ姿《すがた》を消《け》しました。あのキノコムシという男がここへきた直後《ちょくご》に」

「その男がイモムシの頭を持ってきたんですな？」

「いまになってみると、あんなものを見なければよかったと思います」メミズムシは顔を上げた。まんまるい目が恐怖《きょうふ》に満《み》たされていた。「最初《さいしょ》から、なんとなく薄気味《うすきみ》のわるい品物《しなもの》でした。まるで百万もの小さい顔が歯ぎしりをしながら、琥珀《こはく》ごしにじっとこっちをにらんでいるようで」メミズムシは両耳《りょうみみ》を手でふさいだ。「まだ耳に残《のこ》っている！　あの恐《おそ》ろしい音！」

「木をかじる音ですよ、メミズムシさん。ただそれだけのことです。しかし、むこうがこのお店や、あなたまで食べてしまわなかったのは、まだしも幸運《こううん》でした。ところで、お父上《ちちうえ》の命《いのち》を救《すく》いたければ、さっそく行動《こうどう》しなければ」いいながらカマキリ探偵《たんてい》は、長いコートのすそをひるがえしてうしろを向き、メミズムシ父子商会《ふししょうかい》の豪華《ごうか》な陳列《ちんれつ》ケースをながめた。「お父上は強力な秘密部隊《ひみつぶたい》の手で国外へ連《つ》れ去《さ》られました。その行方《ゆくえ》を追《お》うには、若干《じゃっかん》の資金《しきん》が必要《ひつよう》です」探偵は軽《かる》く一礼《いちれい》した。「あいにく、ぼくらはその資金《しきん》を持ちあわせていません」

「いくらでもご用立《ようだ》てします！」二代目《だいめ》のメミズムシはイスから立ちあがり、ぐるっと店内《てんない》を手で示《しめ》した。「ここにある財産《ざいさん》をぜんぶさしだしても」

「乗船券《じょうせんけん》二枚《まい》の代金《だいきん》だけでじゅうぶんです。ぼくと、このバッタ博士《はかせ》の分があれば」

「よろこんで」二代目のメミズムシは小切手帳《こぎってちょう》をとりだした。

カマキリ探偵《たんてい》は領収証《りょうしゅうしょう》を書いた。「お父上《ちちうえ》を救《すく》いだすために、われわれはあらんかぎりの力をつくしますよ」

「あの百万もの顔……」とメミズムシはまだ瞳《ひとみ》に恐怖《きょうふ》を宿《やど》らせながらいった。

「いや、何千万もの顔というべきでしょう」カマキリ探偵は冷静《れいせい》にそう答えると、戸口《とぐち》へ向かった。

ロープで船をつないだ杭《くい》も黒光《くろびか》りした船体《せんたい》もすっぽり包《つつ》みこんだ霧《きり》の中で、ミズムシの船員《せんいん》たちがクレーンで貨物《かもつ》を船上《せんじょう》へ運《はこ》びあげている。カマキリ探偵は小さいバッグをさげたまま、船と陸《りく》をつなぐ渡《わた》り板《いた》に足を踏《ふ》みだした。ぴちゃぴちゃ打ちよせる暗《くら》い波音《なみおと》を足もとにして、バッタ博士もそのあとにつづいた。

バッタ博士《はかせ》は渡《わた》り板《いた》を渡《わた》りながらいった。「つまり、キノコムシはイトトンボに分け前を渡したくないため、ひとりでメミズムシ父子《ふし》商会《しょうかい》にイモムシの頭を売りこんだわけか」

「キノコムシのような男はなんの節操《せっそう》もないからね」とカマキリは答えた。「もっとも、イトトンボだって、逆《ぎゃく》の立場《たちば》になればおなじことをしたにちがいないよ。ただ、メミズムシのおじさんがこの取引《とりひき》に巻《ま》きこまれたのは不運《ふうん》だった。なにしろ、自分の買いもとめたのが聖《せい》なる偶像《ぐうぞう》だとは夢《ゆめ》にも知らなかったんだから」

「われわれが彼《かれ》を救《すく》える可能性《かのうせい》はあると思うかい？」

「ある」

「それにしても、なぜシロアリは彼を食べてしまわなかったんだろう？」

「身代金《みのしろきん》かな。それとも、べつの理由《りゆう》があるのかもしれない。いずれにしても、メミズムシのおやじさんにとっては不愉快《ふゆかい》な理由だろうな」

「拷問《ごうもん》とか？」

「それもある。でなければ、公開処刑《こうかいしょけい》か」カマキリ探偵《たんてい》は船の手すりに両《りょう》ひじをおいて、霧《きり》の衣《ころも》におおわれた市街《しがい》を見わたした。「なんといっても、あの男は部族《ぶぞく》が崇《あが》める聖イモムシ様を、まるで宝石《ほうせき》の飾《かざ》りピンでも買うような調子《ちょうし》で買いとったんだからね。シロアリたちとしては、おそれ多くて言葉も出なかったろう。それだけでも、彼《かれ》をバナナランドの王と女王のもとへ連《れん》行《こう》するにはじゅうぶんな理由《りゆう》だ」

バッタ博士《はかせ》はカバンを下においた。「ここからだとずいぶん遠い旅《たび》になるな」

船の汽笛《きてき》がひびきわたり、ミズムシの船員《せんいん》たちが錨綱《いかりづな》をたぐりあげた。大型客船《おおがたきゃくせん》は桟橋《さんばし》からしずしずと離《はな》れ、沖《おき》をめざして動《うご》きだした。

カマキリ探偵《たんてい》はデッキチェアにすわり、ひざの上に本を広げていた。その背景《はいけい》にはきらめく大海原《おおうなばら》があった。

「いいかい、博士、この小さなガイドブックには、バナナランド王国に関《かん》するこんな案内《あんない》があったよ。『彼らはあなたのトランクを食べ、上着《うわぎ》と帽子《ぼうし》を食べる。もしあなたが木の義足《ぎそく》をつけていたら、それもかじり、朝までにはオガクズの山に変《か》えてしまう』」

「魅力的《みりょくてき》なところだね」

そう答えながら、バッタ博士は思った。この事件《じけん》の解決《かいけつ》までにはしばらく日数《にっすう》がかかるにちがいない。つまり、来週のコオロギのクリケット試合《じあい》は見られないわけだ。せっかくひいきの選手《せんしゅ》たちが出場《しゅつじょう》するというのに、こちらはバナナランド王国に足どめか。しかも、へたをすると自分の帽子《ぼうし》まで食われてしまいかねないとは。

「見えたぞ」と船のへさきに立ったカマキリ探偵《たんてい》がいった。「あそこだよ、博士《はかせ》。百万もの神秘《しんぴ》な謎《なぞ》がわれわれを待《ま》ちうけている。これ以上《いじょう》のすばらしいゲームがほかにあるだろうか？」

「あるさ。コオロギのクリケット試合《じあい》が」バッタ博士は懐中時計《かいちゅうどけい》を見ながら答えた。「もうそろそろはじまる時間なのに」

「おいおい、きみだっていつも観客《かんきゃく》になるばかりではあきるだろう」

「観客でいるのは大好《だいす》きだね。わたしは静《しず》かでくつろいだ生活が好きなんだよ、カマキリくん。きみのような天《あま》の邪鬼《じゃく》とはちがう」

船首《せんしゅ》が沿岸《えんがん》の波を切りさくのと同時に、バナナランド王国からのそよ風が最初《さいしょ》の香《かお》りを運《はこ》んできた。カマキリ探偵は身《み》を乗《の》りだして、その空気を大きく胸《むね》に吸《す》いこんだ。

「このからまりあったいろいろなにおいの中に、エリオット・メミズムシの手がかりも混《ま》じっているわけだ。よし、絶対《ぜったい》に彼《かれ》を見つけだすぞ」

カマキリ探偵が手すりを軽《かる》く拳《こぶし》でたたいたとき、船の汽笛《きてき》がひびいた。入港《にゅうこう》を知らせる合図《あいず》だ。

「シロアリのところなら、おれが案内《あんない》してやるって」と白髪《しらが》まじりのひげを生やしたハネカクシの鉱山師《こうざんし》はいった。「けどな、らくな旅《たび》じゃねえぜ。安全《あんぜん》でもねえしよ」そのハネカクシはジャングル・カフェのテーブルごしにカマキリ探偵《たんてい》とバッタ博士《はかせ》を見やり、それから密林《みつりん》の壁《かべ》を指《ゆび》さした。「あそこにはどんなものだっているんだ。悪夢《あくむ》の中でしかお目にかかれねえようなお化《ば》けどもがよ」

ハネカクシは服《ふく》のそでで鼻水をふき、ランの蜜《みつ》をひと口すすった。しずくがたらたら垂《た》れて、きたならしいほおひげの上にこぼれた。ハネカクシはむせかえり、蜜のしぶきをあたりに飛《と》びちらせたすえに、皮肉《ひにく》な笑《え》みをうかべて、グラスをテーブルにおいた。

「だんながたよ、おれのいうことがわかるかい？」

「わかりますよ、ハネカクシさん――」

「シロヒゲアリノスハネカクシだ」鉱山師は顔をしかめながらそういうと、得意《とくい》げに鼻をうごめかした。「本名《ほんみょう》はＪ・Ｐ・シロヒゲアリノスハネカクシ。縮《ちぢ》めてＪ・Ｐと呼《よ》んでくれ。以後《いご》よろしくな」

「こちらこそよろしく、Ｊ・Ｐさん」カマキリ探偵は立ちあがった。「おたがいに理《り》解《かい》しあえたところで、さっそく出発《しゅっぱつ》しますか」

「そんなに死《し》に急《いそ》ぎてえか?」年とった鉱山師《こうざんし》は笑《わら》いだした。「よし、それじゃ行くべえ!」

よろよろと立ちあがったJ・Pのあとにつづいて、ふたりはカフェの中から熱帯都市《ねったいとし》の街路《がいろ》へ出ていった。道ばたにはジャングルの大木《たいぼく》の黒っぽい枝《えだ》が突《つ》きだし、日ざしに目玉《めだま》を光らせたヘビたちがその枝に巻《ま》きついている。ほろ酔《よ》いきげんのJ・Pはヘビたちにぺっと唾《つば》を吐《は》きかけ、ぬかるみの道を千鳥足《ちどりあし》で歩きだした。

「おいおい、カマキリくん」とバッタ博士《はかせ》が声をひそめていった。「とんでもない酔いどれ爺《じい》さんを案内役《あんないやく》に選《えら》んだもんだな。ほんとに行きつけるのかい、あそこまで?」博士は恐《おそ》ろしいジャングルのほうへ手をふった。

「もしわれわれがこの土地で一生《いっしょう》を送《おく》ったら、やはりJ・Pとおなじように頭がおかしくなるだろうさ」カマキリ探偵《たんてい》の長い腕《うで》がのんびりと体の両《りょう》わきでゆれた。「しかし、シロアリの住《す》みかにもくわしくなるわけだ」

「そうとも」J・Pがうしろをふりかえり、うなるようにいった。「シロアリの秘密《ひみつ》の都《みやこ》。いいか、おふたりさんよ、あいつは一生忘《いっしょうわす》れられねえながめだぜ」

炎《ほのお》がゆらめきながら、たき火をかこんだ三人の上に不気味《ぶきみ》な影《かげ》を投《な》げかけた。Ｊ・Ｐ・シロヒゲアリノスハネカクシがたき火の中へ、ぺっと唾《つば》を吐《は》いた。「おれはなにもかも見てきた」そういうと、踊《おど》りまわる炎をしばらく見つめた。「やつらの秘《ひ》密《みつ》の儀《ぎ》式《しき》もよ。なにしろ、やつらの都《みやこ》で暮《く》らしてたんだから」

バッタ博士《はかせ》はキャンプ用の鍋《なべ》をゆすって、ポップコーンが中でつぎつぎとはじける音を聞いた。「どうしてそんなことができたんです？」

「むこうがおれのことを大目《おおめ》に見てくれた。こっちもそれだけの恩《おん》を売ったしな。おれをそばにおくと重宝《ちょうほう》でよ」Ｊ・Ｐは顔を上げた。よく光る小さな目が火明《ひあ》かりにきらめいた。「あの都市《とし》へもぐりこんだのはおれさまだけじゃねえ。ほかにもおおぜいいたよ。まわりの連中《れんちゅう》からシロアリ好《ず》きとひやかされたもんさ」

「その口ぶりだと、あなたはあまりシロアリ好きじゃないようですね」カマキリ探偵《たんてい》がいった。

「あの豪華《ごうか》な塔《とう》は大好《だいす》きさ」Ｊ・Ｐはたき火からジャングルの闇《やみ》に目を移《うつ》した。「あの宮殿《きゅうでん》の奥《おく》の広間《ひろま》は大好きだ。どこまで歩いたって果《は》てしがねえ」

「イモムシの頭を見たことがありますか？」

「ああ、なんべんも。祭壇《さいだん》に飾《かざ》ってあってよ、やつらはあれを崇《あが》めたてまつってた。王と女王を崇《あが》めたてまつるみたいにな」

「ところが、チャーリー・キノコムシがそれを盗《ぬす》んだ」

J・Pがこちらを向いた。「あんたら、チャーリーを知ってるのかい？」

「靴《くつ》の残骸《ざんがい》だけは見ましたよ」とカマキリ探偵《たんてい》がいった。「あいにく、チャーリーには会えずじまいでしたが」

「いいやつだったぜ」とJ・Pはいった。「ただ、無鉄砲《むてっぽう》なのが玉にきず。あれじゃ遅《おそ》かれ早《はや》かれ、シロアリともめるなと思っていたら、案《あん》のじょうだ」

「早かれのほうでしたね。つまり、彼《かれ》が思っていたよりも」カマキリ探偵はとがったひざにひじをつき、あごの下でパイプをくゆらしながらいった。

J・P・シロヒゲアリノスハネカクシは、ジャングルの壁《かべ》をとざしていたカーテンの最後《さいご》の一枚《まい》をひきあけ、ひろびろとした平原《へいげん》の中央にある灰色《はいいろ》の巨大《きょだい》な塔《とう》を指《ゆび》さした。「おい、見ろよ。あの罰《ばち》あたりな塔を！　とはいっても、おれはあそこが大好《だいす》きでよ、気がつくといつもあそこへ足が向いてやがるんだ、いつもな」

「J・Pさん、詩的《してき》な感慨《かんがい》にふけるのはあとまわしにしていただけるとありがたいんですが」

とカマキリ探偵《たんてい》がいった。

バッタ博士《はかせ》はシロアリの宮殿《きゅうでん》をとりまく番兵《ばんぺい》たちをながめた。ピカピカのヘルメットをかぶった兵隊《へいたい》シロアリが、たくさんの門の前を巡回《じゅんかい》している。

「どうすればあそこを通りぬけられるんだろう？」

「夜まで待《ま》つことさ」とJ・Pが答えた。

「いや、いますぐでないと」とカマキリ探偵がいった。

「ほう、いますぐだと？　カマキリさんよ、あんた、自分の体が透明《とうめい》だとでも思ってなさるのかい？　そんな棒《ぼう》きれみたいにでっかい図体《ずうたい》でへたに近づいてみな、あっというまに番兵《ばんぺい》どもが集まってくるぜ。だめだ、日が暮《く》れるまで待《ま》ちな」

「いま、棒《ぼう》きれとおっしゃいましたか、J・Pさん？」

カマキリ探偵《たんてい》は背《せ》の高い緑の草のそばに近づくと、そこにじっとして草の葉そのものになりきった。まもなく、探偵の姿《すがた》はすっかり見えなくなってしまった。

「ふーん、こりゃ気のきいた芸当《げいとう》だよな」

J・Pはそういうと、葉むらの中の自分とバッタ博士《はかせ》の隠《かく》れ場《ば》所《しょ》に、もう一度エメラルド・グリーンのカーテンを引いてしまった。


日が暮れるのを待って、バッタ博士はJ・Pのあとにつづき、葉むらの中から月光《げっこう》を浴《あ》びた平原《へいげん》に出た。いたるところに番兵の目が光っているが、J・Pはそのわきをすりぬけるすべを心得《こころえ》ている。彼《かれ》はザラザラした声でいった。

「おれはこのあたりにくわしい。どこになにがあるかはわかってる」

さっきまで、バッタ博士はこの老鉱山師《ろうこうざんし》を信用《しんよう》していなかったが、いまはすっかり彼にたよりきっていた。ほんの数歩先では、ヘルメット姿の番兵たちが月光に武器《ぶき》をきらめかせ、草の上を歩きまわっているのだ。

あのまま家にいたら、いまごろは暖炉《だんろ》の中ではぜるポップコーンの音をたのしみながら、くつろいでいられたのにとバッタ博士《はかせ》は思った。ああ、それなのに、いまのわたしときたら、ちょっと頭のへんなこの爺《じい》さんのあとについて、草むらのかげを走りまわっている。いまいましいカマキリめ！　エリオット・メミズムシ父子商会《ふししょうかい》がどうなろうと知ったことか！

博士の口ひげがピクリとふるえた。Ｊ・Ｐは兵士《へいし》のパトロール隊《たい》のあいだをすりぬけながら、博士を急《せ》きたてた。チ、チ、チという音があたりにひびく。兵士たちの脚《あし》をおおう鎧《よろい》のギザギザが前後にすれあうたびに、そんな音が出るのだ。二度のチ、チ、チで、兵士たちは向きを変《か》えた。その動《うご》きを予想《よそう》していたＪ・Ｐは、彼らのそばを急《いそ》いですりぬけ、バッタ博士も山高帽《やまたかぼう》を押《お》さえてすぐあとにつづいた。

こんどは博士の触角《しょっかく》がピクリとふるえた。どこか近くにいるカマキリ探偵《たんてい》から出た、あざやかな緑のイメージをとらえたのだ。それは兵士たちには感知《かんち》できない信号《しんごう》だ。しかし、兵士たちの靴音《くつおと》はまるでこういっているかのようだった。敵《てき》はつねにまわりにいるぞ。

Ｊ・Ｐがさらに何歩か進《すす》むと、宮殿《きゅうでん》の灰色《はいいろ》の階段《かいだん》が近づいてきた。Ｊ・Ｐは宮殿の外壁《がいへき》のわきにある入口を指《ゆび》さした。「いまだ」低《ひく》くそういうなり、その入口へするりと入りこんだ。バッタ博士がそのあとにつづいたと思うまもなく、兵士たちがまわれ右でいっせいにひきかえしてきた。

しかし、バッタ博士《はかせ》とJ・Pは、すでに中へと入りこんでいた。そこに行き来しているのは、宮殿内《きゅうでんない》のいろいろな用を果《は》たす働《はたら》きシロアリたちだ。

「これでよし」とJ・Pが自信《じしん》ありげにいった。「いったん中へ入っちまえば、こっちのもんよ」くすくす笑《わら》って、バッタ博士をながめた。「まあ、すくなくともおれには文句《もんく》をいわねえ」

バッタ博士は声をひそめた。「いったい、あなたのどこがそんなに特別《とくべつ》なんです？」

「やつらはこのむさくるしいほおひげに目がねえんだよ」J・Pは笑いながら、白いひげにおおわれた顔を突《つ》きだした。「このほおひげには、いつもなにかの汁《しる》がこぼれてる。働きシロアリはそれをなめるのが大好《だいす》きなんだ。だから、おれは――」

「シロヒゲアリノスハネカクシと呼《よ》ばれている。しかし、わたしはどうすれば？」

「いまにわかるさ」J・P・シロヒゲアリノスハネカクシはくくっと笑い、むこうからやってくる働きシロアリの一団《いちだん》を指《ゆび》さした。

いよいよ自分の運《うん》をためすしかないとさとって、バッタ博士はべつの広間《ひろま》の物かげに飛《と》びこんだ。しかし、角《かど》のむこうをのぞくと、またもやJ・Pの笑い声《ごえ》が聞こえてきた。

「ぎゃっはっは……」

女の働《はたら》きシロアリたちが老鉱山師《ろうこうざんし》をとりまき、蜜《みつ》に濡《ぬ》れたほおひげをなめているのだ。興奮《こうふん》のあまり、彼女《かのじょ》たちの体節《たいせつ》がチ、チ、チと鳴《な》っている。

バッタ博士《はかせ》はポケットから自家製《じかせい》ファッジのひときれをとりだした。それをワックスのように口ひげの両端《りょうたん》へ塗《ぬ》りつけ、ぴんとはねあげた。

準備《じゅんび》がととのうと、博士はうす暗《ぐら》い広間《ひろま》の奥《おく》へ進《すす》んでいった。チ、チ、チというシロアリ語がまわりでひびいている。宮殿《きゅうでん》ぜんたいがそれに反響《はんきょう》し、その信号《しんごう》があらゆる方向《ほうこう》へ伝《つた》わっていく。

バッタ博士はそろそろと前進《ぜんしん》し、耳をすましては、またそろそろと宮殿の内部《ないぶ》へ近づいていった。迷路《めいろ》のようにつながった部屋部屋《へやべや》には、何百万ものシロアリが住《す》んでいる。どこもかしこも大変《たいへん》な騒《さわ》ぎで、角《かど》を曲がるたびに目につく働きシロアリの集団《しゅうだん》は、どんどん大きくなるいっぽうだ。シロアリの数がふえるにつれて、バッタ博士は前より堂々《どうどう》と動《うご》きまわれるようになった。大きな町の市場《いちば》の中を歩いている感《かん》じだ。その群集《ぐんしゅう》の中には、よそものの姿《すがた》もちらほら混《ま》じっていた。大部分《だいぶぶん》はごきげんに酔《よ》っぱらったハネカクシたちだった。

「あら」とやわらかな声がした。「いいにおいだこと」

バッタ博士《はかせ》は声の方角《ほうがく》をふりむいたが、聞こえるのはチ、チ、チという音だけになった。その音は、まっすぐこっちへやってくる働《はたら》きシロアリの体節《たいせつ》から出ているようだ。

「待《ま》ってください、お嬢《じょう》さん……」

バッタ博士があとずさりしたときには、すでに若《わか》い娘《むすめ》が博士の口ひげの端《はし》についたファッジをなめとっていた。黒くつやのある口が、恐《おそ》ろしいほどのスピードで開閉《かいへい》した。

「もっと……」とやわらかな声がいったかと思うと、またもやチ、チ、チという音がはじまった。

「いや、ちょっと失礼《しつれい》」バッタ博士は帽子《ぼうし》を持ちあげながらいった。「わたしは約束《やくそく》がありますので。女王陛下《へいか》に拝謁《はいえつ》しなくては」

バッタ博士は急《いそ》いでその場を離《はな》れ、ふたたび群集《ぐんしゅう》にまぎれこんだ。ほろ酔《よ》いきげんのハネカクシの商人《しょうにん》たちが、だみ声《ごえ》で歌をがなりながら行き来している。兵士《へいし》たちは怪《あや》しい侵入者《しんにゅうしゃ》がいないかとパトロールをつづけている。兵士たちの鎧《よろい》はチ、チ、チと鳴《な》って、ここでもおなじことを告《つ》げているようだ。敵《てき》はつねにまわりにいるぞ。

剣《けん》とヘルメットがきらめき、やがて遠のいていった。あとに残《のこ》されたバッタ博士は、こみあった大通りを横切《よこぎ》り、つぎの大広間《おおひろま》に入った。そこに現《あら》われたのは、アーチ型《がた》の天井《てんじょう》をいただいた巨大《きょだい》なキノコ園《えん》だった。大広間《おおひろま》の壁《かべ》は吊《つ》りさげられたキノコに覆《おお》われている。働《はたら》きシロアリたちが、腐《くさ》った樹木《じゅもく》の一部《ぶ》を肥料《ひりょう》にしてキノコを育《そだ》て、そこからしたたり落《お》ちる分泌液《ぶんぴつえき》を集めているのだ。バッタ博士《はかせ》はキノコ園の中に忍《しの》びこむと、垂《た》れたつる枝《えだ》の下をぬき足さし足で進《すす》んでいった。やがて、頭上《ずじょう》からいまにもこぼれ落ちようとしている液体《えきたい》を見ると、矢《や》もたてもたまらなくなり、舌の先でそのしずくを受けとめた。

鼻につんとくるが、なかなかいける。うん、これならポップコーンにも合うぞ。溶《と》かしたバターのように、上からふりかければ……

とつぜん触角《しょっかく》が丸まり、あるメッセージを受信《じゅしん》してピクピクふるえた。

《博士！　料理法《りょうりほう》なんかにうつつを抜《ぬ》かしてる場合《ばあい》じゃないぞ！》

「カマキリくんか！」とバッタ博士はささやいた。「どこにいるんだ？」

しかし、もう通信《つうしん》は切れていた。聞こえる音といえば、新しいキノコを天井《てんじょう》から吊りさげようとしている働きシロアリたちのチ、チ、チという音だけ。博士は先を急《いそ》いだ。キノコ園を出てつぎの広間へ、そしてまたつぎの広間へ。これからの一生《いっしょう》をこの都市《とし》の中でさまよいつづけても、帰り道は見つからないだろう。どの広間もよく似《に》ている上に、かぞえきれないほどたくさんあるからだ。バッタ博士は山高帽《やまたかぼう》の上をステッキで軽《かる》くたたき、ハミングをつづけながら、先へ先へと進《すす》んだ。

〝いつもどこかにバグランドはあるよ、バグランドのにおいがどこかにするよ〟
チ、チ、チという音がややこしく重《かさ》なりあいながらも、しだいに高まってきた。その音を追《お》って進んでいくと、まもなくまわりのチ、チ、チがひとつの強力なうなりに変《か》わってきた。どの広間《ひろま》もその音といっしょに振動《しんどう》しているようだ。バッタ博士《はかせ》は壁《かべ》につかまり、手さぐりで進んだ。振動がさらに強まってくるのが感《かん》じられ、角《かど》を曲がったとたん、番兵《ばんぺい》の姿《すがた》が目についた。あの番兵の立っているところが、宮殿《きゅうでん》の中央広間の入口にちがいない。
J・Pから学んだ計略《けいりゃく》を、こんども使《つか》うとしよう。残《のこ》ったファッジはもうたったひときれだ。バッタ博士はそれを口ひげに塗《ぬ》りつけると、広間に入ろうと歩きだした。

兵士《へいし》たちが剣《けん》を構《かま》え、鎧《よろい》を光らせて向きなおると、チ、チ、チとひびく声で博士に命令《めいれい》した。

とまれ。

「わたしはバグランド王国の大使《たいし》だ」とバッタ博士はいった。「女王陛下《へいか》に拝謁《はいえつ》の約束《やくそく》がある」

甘《あま》い香《かお》りのする、ぴんととがった口ひげを見せると、兵士たちがわきへしりぞいたので、博士は中央広間へずかずかと入っていった。

すると、驚《おどろ》くべき光景《こうけい》が目にとびこんできた。

大広間《おおひろま》にあふれかえるほどおおぜいの働《はたら》きシロアリや奴隷《どれい》が、大きな壇上《だんじょう》の玉座《ぎょくざ》にすわった女王に奉仕《ほうし》している。しかも、女王のとなりの玉座に王冠《おうかん》をかぶってすわっているのは、なんとさらわれたはずのエリオット・メミズムシではないか！

つぎにバッタ博士《はかせ》が見たものは、胸《むね》の上に両腕《りょううで》を組んだ形で棺台《かんだい》の上に横たえられた、シロアリ老王《ろうおう》の姿《すがた》だった。

では、メミズムシが老王を殺害《さつがい》したのだろうか？

いや、シロアリ老王はすでにひからびているようだ。バッタ博士の見たところ、シロアリ老王は、死後ずいぶん長い日数《にっすう》の経《た》ったミイラらしい。かつて老王のいた席《せき》にはエリオット・メミズムシがすわり、そしてその頭上《ずじょう》、壁面《へきめん》の高い位置《いち》に飾《かざ》られているのは、太古《たいこ》のイモムシの頭をそのまま内部《ないぶ》にとじこめた、聖《せい》なる琥珀《こはく》のかたまりだった。

バッタ博士がぽかんとそれを見つめているうちに、女王の大臣《だいじん》のひとりが両わきに兵士《へいし》をしたがえて近づき、バッタ博士の口ひげを指《ゆび》さした。

「こら、よせ」とバッタ博士はいった。「その手をどけろ」だが、兵士たちはすでに彼《かれ》を女王のほうへひきたてていた。バッタ博士は山高帽《やまたかぼう》をぬいだ。「女王陛下《へいか》、わたしはバグランド王国の大使《たいし》です」

バッタ博士《はかせ》は女王の前で一礼《いちれい》した。ところが、そこで笑《わら》いだしたのは年とったメミズムシだった。「バグランド王国の大使だと？　よくもまあぬけぬけとした大嘘《おおうそ》を！」メミズムシが指をぱちんと鳴《な》らすと、兵士《へいし》たちはまた両《りょう》わきからバッタ博士をつかんだ。「そいつを地下牢《ろう》にほうりこめ」と王様気《き》どりのメミズムシは命《めい》じた。

「なぜだ？」とバッタ博士はさけんだ。「わたしはあなたを救出《きゅうしゅつ》にきたんだぞ！」

「では、せいぜい自分で自分を救出することだな」とメミズムシ王は答えた。

「でも、その前に」と女王の声がした。「わらわはその者《もの》の口ひげをなめたい」

兵士たちはバッタ博士を食いしんぼうの女王の前へ押《お》しだした。金属《きんぞく》のように光る女王の口が、目にもとまらぬスピードで動《うご》くと、バッタ博士の口ひげについていたファッジはたちまちのうちになめつくされてしまった。

女王が微笑《びしょう》してなにごとかをいったが、こんどもバッタに聞こえるのはチ、チ、チという音だけだった。兵士たちは博士を地下牢へひきずっていこうとした。博士は必死《ひっし》で抵抗《ていこう》しながらも、その目は玉座《ぎょくざ》にゆうゆうとすわったエリオット・メミズムシの姿《すがた》に釘《くぎ》づけになっていた。

「メミズムシ！」とバッタ博士はさけんだ。「おぼえてろよ！」

「わたしはいつも記憶《きおく》のいいほうでね」とメミズムシ王は笑《わら》いながら答えた。

バッタ博士《はかせ》は地下深《ふか》くの牢獄《ろうごく》の中に鎖《くさり》で吊《つ》りさげられていた。ほかにも鎖で吊りさげられた仲間《なかま》はいたが、だれひとりとして生きてはいなかった。彼《かれ》らの生命《せいめい》はとっくに失《うしな》われ、その肉《にく》体《たい》はいまやきらきらした抜《ぬ》けがらでしかなかった。

「ここはとんでもない場所《ばしょ》だぞ」とバッタ博士はひとりごとをいった。山高帽《やまたかぼう》は目の上にかぶさり、足の先がかゆかったが、手が届《とど》かない。

しばらくして、緑の光がひらめいたとき、博士の触角《しょっかく》がピクリとふるえた。

バッタ博士は山高帽のつばの下から地下牢の入口をうかがった。そこにはふたりの牢番《ろうばん》がいる。彼らはチ、チ、チと会話を交《か》わしているが、その声が笑っているところからすると、どちらかがなにかの冗談《じょうだん》をいったらしい。

あいにくその冗談は、彼らの身《み》にはねかえってきた。どこからか長い緑色の腕《うで》が伸《の》びてきたかと思うと、ふたりの牢番の首を一度に絞《し》めつけたのだ。牢番たちが地下牢の床《ゆか》にぐったり倒《たお》れるのを待《ま》って、巨大《きょだい》なカマキリ探偵《たんてい》の影《かげ》がそこに現《あら》われた。

「カマキリくん！」とバッタ博士は暗《くら》い片隅《かたすみ》からさけんだ。「ここだ！」

カマキリ探偵《たんてい》は入口をくぐった。そのあとから入ってきたのは、おおぜいの荒《あら》くれジムシたちだった。

「彼《かれ》らは臨時《りんじ》の味方《みかた》だよ、博士《はかせ》」カマキリ探偵はそういいながら、バッタ博士の鎖《くさり》をはずした。「この宮殿《きゅうでん》の内部《ないぶ》にくわしいので、道案内《あんない》をひきうけてくれたんだ。ただし、交換条件《こうかんじょうけん》として、きみのファッジの残《のこ》りを彼らにやらなくちゃならない」

「しかし、最後《さいご》のファッジを口ひげに塗《ぬ》りつけてしまったところだ」

「ちょっと待った。非常食《ひじょうしょく》があったろうが、博士。忘《わす》れたのかい？」

「そうだ、それならある！」バッタ博士はすばやく山高帽《やまたかぼう》をぬぐと、裏地《うらじ》の中からキャンデーコーンをひとつかみとりだして、それを荒くれジムシたちに分け与《あた》えた。

「この連中《れんちゅう》は何者《なにもの》だね、カマキリくん？　この一件《いっけん》にどうからんでいるんだ？」

「彼らはこの宮殿の中でほそぼそと生きている連中だ。食べ物をねだったり、借金《しゃっきん》したり、ごみあさりをしたりして。で、ごらんのとおり、甘《あま》いものにありつくためなら、どんなことでもする」カマキリ探偵は、バッタ博士の贈《おく》り物をむさぼり食っているジムシたちをながめた。「単純《たんじゅん》な連中なんだよ、博士。だから、きみの山高帽にはキャンデーコーンが底《そこ》なしに蓄《たくわ》えてあるふりをしたほうがいい」

バッタ博士《はかせ》はその忠告《ちゅうこく》を受けいれ、もう二、三度山高帽《やまたかぼう》の中へ手をつっこんだ。ジムシたちはそこから湧《わ》いてくるちっぽけな報酬《ほうしゅう》を力ずくで奪《うば》いあった。やがて行列《ぎょうれつ》は、暗《くら》い地下牢《ろう》から上をめざして動《うご》きだした。

「きみは知っていたのかい？」とバッタ博士はきいた。「あのメミズムシが王位《おうい》を横どりしたことを？」

「熱病《ねつびょう》のせいだよ、博士」カマキリ探偵《たんてい》は大股《おおまた》のしのびやかな足どりで、上の通路《つうろ》へと向かった。「いま現在《げんざい》のエリオット・メミズムシは正常《せいじょう》な精神状態《せいしんじょうたい》じゃない」

「わたしを鎖《くさり》につなげと命令《めいれい》したときの彼《かれ》は、けっこう頭がはっきりしているようだったが」

「たしかにあれは思いやりのない仕打《しう》ちだ。しかし、いまの彼にその行動《こうどう》の責任《せきにん》を問《と》うのはむりだよ。シロアリが彼の精神をおかしくしてしまったんだ」

「というと、麻薬《まやく》でも盛《も》られたのか？」

「ここへ到着《とうちゃく》して以来《いらい》、彼はキノコしか食べていない。そのために、自分がバグランド王国に住《す》む商店主《しょうてんしゅ》だったことをすっかり忘《わす》れてしまった。むかしからここにいて、この宮殿《きゅうでん》を支配《しはい》してきたと信《しん》じこんでいるんだ」

「しかし、なぜシロアリたちは彼を受けいれたんだろう？」

バッタ博士《はかせ》はそうたずねながら、キャンデーコーンほしさに山高帽《やまたかぼう》をひったくろうとしたジムシを押《お》しのけた。

「イモムシの頭のおかげさ。兵士《へいし》たちがあれといっしょに彼《かれ》を連《つ》れ帰った。女王にはそれだけでじゅうぶんだった」

「しかし、女王にはわからないのかな？」さんざんな目にあったバッタ博士は怒《いか》りで顔を真《ま》っ赤《か》にしながらいった。「メミズムシがただの……メミズムシであることが！」

ジムシたちの合図《あいず》でふたりの会話はさえぎられた。すぐ先に大きな曲がり角《かど》がある。バッタ博士の見たところ、曲がり角の先は玉座《ぎょくざ》の広間《ひろま》の裏口《うらぐち》につうじている。兵士たちの姿《すがた》はない。王と女王へじきじきに仕《つか》える働《はたら》きシロアリが、行ったり来たりしているだけだ。

「そこからのぞいて見たまえ」

カマキリ探偵《たんてい》がそうささやいて、しっくい壁《かべ》の割《わ》れ目《め》を指《ゆび》さした。バッタ博士がそこに目をくっつけると、キノコ・スープの深鉢《ふかばち》を王のもとへ運《はこ》んでいく働きシロアリたちが見える。メミズムシ王はけたたけた笑《わら》いながらそれを飲みほした。出っぱった目が頭の外まで飛《と》びだし、この夢《ゆめ》のような光景《こうけい》にぼんやり見とれているらしい。なにしろ何十万、何百万ものシロアリから王として仰《あお》ぎ見られているのだ。バッタは、そのシロアリの中になじみ深《ぶか》い顔が混《ま》じっているのに気づいた。

「あそこにJ・Pがいるぞ」

「彼《かれ》にはこれから特別《とくべつ》な役目《やくめ》をたのんであるんだよ」

カマキリ探偵《たんてい》は玉座《ぎょくざ》の背後《はいご》にある戸口《とぐち》へにじりよった。長い緑色の腕《うで》が、王と女王の頭の上を枝葉《えだは》でおおっているカヤツリグサの細長い茎《くき》そっくりに、そろそろと前へ伸《の》びていった。カマキリ探偵はもう片腕《かたうで》でタバコの入ったポケットをさぐり、マッチをとりだした。マッチをすると、合図《あいず》の炎《ほのお》をつかのま空中《くうちゅう》にさしあげた。

炎が燃《も》えあがったとたん、J・Pの声が壇《だん》の下からひびきわたった。

「女王陛下《へいか》、どうかこのほおひげの味《あじ》をおためしを！　おぼえてるでしょうが、むかしなじみのこの顔を？　ぎゃっはっはっ！」

酔《よ》っぱらった鉱山師《こうざんし》は玉座へと近づいた。むさくるしい年よりの姿《すがた》を見て女王は怒《いか》りに顔を赤くしたが、J・Pが近づくにつれて記憶《きおく》がよみがえったらしく、まばたきをくりかえし、急《きゅう》に優《やさ》しい態度《たいど》になった。

そのやわらかなチ、チ、チという音は、「こっちへおいで」とでもいっているようだった。

J・Pはふんぞりかえって女王に近づいた。

「女王陛下《へいか》、あんたのためのとっておきですぜ」そういうと、しずくの垂《た》れるもじゃもじゃのほおひげをふくらませた。

カマキリ探偵《たんてい》がひとりごとのようにつぶやいた。「女王の過去《かこ》のふしぎな謎《なぞ》か……」

割《わ》れ目《め》に顔をくっつけたまま、バッタ博士《はかせ》がいった。「女王はあのじいさんが気に入ってるらしい」

カマキリはため息《いき》をついた。「そこが運命《うんめい》のふしぎというものさ。J・Pのあごひげは、女王がこれまでに知った最高《さいこう》の珍味《ちんみ》なんだ」

ほろ酔《よ》いきげんのJ・Pが女王の前でおじぎをした瞬間《しゅんかん》、エリオット・メミズムシは宮殿《きゅうでん》の衛兵《えいへい》たちから忘《わす》れられた存在《そんざい》になった。それを待《ま》っていたように、長い緑色の腕《うで》がカヤツリグサから離《はな》れ、王ののどに巻《ま》きついて空中《くうちゅう》へかかえあげた。王の目はいっそう大きく飛《と》びだしたが、カマキリ探偵の強力な腕に締《し》めつけられて悲鳴《ひめい》はもれなかった。

カマキリ探偵はつかみあげた相手《あいて》を戸口《とぐち》の裏《うら》の広間《ひろま》へ運《はこ》びこみ、ジムシたちの中へおろした。

「メミズムシさん、これからあなたを故郷《こきょう》へ連《つ》れ帰ります」

「わしの故郷はここだ！」メミズムシはそうわめいて、玉座《ぎょくざ》のあいだにあふれかえったおおぜいの働《はたら》きシロアリや、兵隊《へいたい》シロアリや、奴隷《どれい》や、居候《いそうろう》を指《ゆび》さした。

「いや、そうじゃない。メミズムシさん、ゾウムシ街《がい》にあるのがあなたの家。これからあなたはそこへ帰るんです」

カマキリ探偵《たんてい》とバッタ博士《はかせ》が両側《りょうがわ》から彼《かれ》の腕《うで》をとり、ジムシたちの案内《あんない》で、一行《いっこう》は迷路《めいろ》のように連《つら》なった部屋から部屋をつぎつぎに通りぬけていった。

道は曲がりくねっているが、旅《たび》のスピードは速《はや》かった。ときどきジムシたちの要求《ようきゅう》で短い休《きゅう》憩《けい》になると、バッタ博士は山高帽《やまたかぼう》からキャンデーコーンのおかわりを投《な》げ与《あた》えた。

「そろそろ在庫《ざいこ》が底《そこ》をついてきたよ、カマキリくん。出口はまだまだかな？」

「もうそんなに遠くないはずだよ、博士。前庭《まえにわ》からの物音《ものおと》が聞こえる」

ジムシたちもやはりその物音を聞きつけたらしく、急《きゅう》に立ちどまり、また耳をすませ、それから怖《お》じ気《け》づいたようすでいっせいに姿《すがた》を消《け》してしまった。

「これはどうしたことだろう？」しだいに大きくなる物音を聞きながら、バッタ博士はたずねた。

カマキリ探偵がいった。「どうやらこの都市《とし》では戦争《せんそう》がはじまったらしいぞ」

何千本もの剣《けん》が斬《き》りむすぶひびきが、壁《かべ》ごしに伝《つた》わってくる。あっというまに、その広間《ひろま》は、前庭を守ろうと駆《か》けだしていく番兵《ばんぺい》たちであふれかえった。

バッタ博士《はかせ》とカマキリ探偵《たんてい》は、広間《ひろま》のうす暗《ぐら》い一隅《いちぐう》に身《み》をひそめた。メミズムシはまだ夢心地《ゆめごこち》で目をさまよわせ、頭を垂《た》れてなにかつぶやいている。「……はい、陛下《へいか》……かしこまりました、陛下……」

「さあ、足もとに気をつけて」カマキリ探偵は小声《こごえ》でいうと、メミズムシを支《ささ》えた。

「その者《もの》たちの首をはねよ」メミズムシはよろよろと歩きながらつぶやいた。

つぎの角《かど》を曲がったとき、カマキリ探偵はバッタ博士をつつき、いまいる場所《ばしょ》の真上《まうえ》を指《ゆび》さした。宮殿《きゅうでん》の壁《かべ》に穴《あな》があいている。

「なんだね、あれは？」とバッタ博士はきいた。

「通風口《つうふうこう》だよ。この宮殿は、網《あみ》の目のようにつうじた通風管《かん》で換気《かんき》され、冷房《れいぼう》されている。ぼくが最初《さいしょ》にここへもぐりこんだのも通風口からだった。こんどもあそこから外に出ればいい」

カマキリ探偵は長い腕《うで》でバッタ博士を通風口へ運《はこ》びあげてから、メミズムシに向きなおった。

「さあ、メミズムシさん、つぎはあなただ……」

「……それならケーキを食べさせておけ……」まだつぶやきながら、メミズムシは通風口まで持ちあげられた。「……パンが……ないのなら……」

最後《さいご》にカマキリ探偵は自力《じりき》でそこまでよじ登《のぼ》ると、うしろの壁を一撃《いちげき》した。くずれ落《お》ちた土《ど》砂《しゃ》と壁《かべ》の破片《はへん》で通風口《つうふうこう》はふさがり、もうだれも追《お》ってこられなくなった。

「カマキリくん」通風口の上からバッタ博士《はかせ》がたずねた。「どっちへ行けばいい？」

「まっすぐ前だ、博士。すべての穴《あな》は最終的《さいしゅうてき》に外壁《がいへき》へ通《つう》じているから」

「……国王陛下《へいか》ばんざい……国王陛下……」メミズムシの目はきょろきょろとあたりを見まわした。穴の中をはいすすみながらも、この商店主《しょうてんしゅ》は、まだ奇妙《きみょう》な妄想《もうそう》に悩《なや》まされているようだった。「富《とみ》と……驚異《きょうい》……すべてがわしのものだ……わしのものだ……」

穴の中を進《すす》んでいたバッタ博士は、はっとして足をとめようとするまもなく、気がつくと宮《きゅう》殿《でん》の外壁にぶらさがっていた。

暖《あたた》かいジャングルのそよ風が吹《ふ》きつけてきた。つぎの瞬間《しゅんかん》にはカマキリ探偵《たんてい》の腕《うで》が伸《の》びて彼《かれ》をつかまえ、通風口の中までひっぱりあげてくれた。

「ありがとう、カマキリくん。死ぬかと思ったよ」

バッタ博士は山高帽《やまたかぼう》をかぶりなおすと、通風口のへりにつかまり、前庭《まえにわ》で起《お》きている戦《たたか》いを、カマキリ探偵とメミズムシのすぐわきから見おろした。無数《むすう》の剣《けん》がひびきを立てて打ちあわされている。べつの都市《とし》からやってきた軍勢《ぐんぜい》がこの宮殿のあらゆる門をとりかこみ、こちらの兵《へい》士《し》たちは必死《ひっし》に宮殿を守ろうとしている。だが、敵《てき》はほうぼうでその守りを突破《とっぱ》して宮殿の中に入りこみ、こちらのおおぜいを捕虜《ほりょ》にしたようすだ。

「早く講和《こうわ》を結《むす》ばないと」メミズムシはつぶやいた。

「いや、早くJ・Pを見つけないと」カマキリ探偵《たんてい》は強い絹《きぬ》のロープをとりだし、通風口《つうふうこう》のそばに埋《う》まった木の根《ね》に結《ゆ》わえつけた。つぎにロープのもう一端《いったん》をくりだして、宮殿《きゅうでん》の外壁《がいへき》に垂《た》らした。「博士《はかせ》、これを伝《つた》って下へ。よし、こんどはあなただ、メミズムシさん」

「王は会計室《かいけいしつ》で……」

「そうそう、そのとおり。金をかぞえている。ぶらさがって、ゆっくり伝いおりなさい……」

カマキリ探偵はメミズムシのあとからロープにつかまり、三つの影《かげ》は宮殿の壁《かべ》を伝いおりて、その下の前庭《まえにわ》に跳《と》びおりた。

「J・Pさん」カマキリが闇《やみ》の中へ鋭《するど》くささやいた。「いますか？」

ごきげんな笑《わら》い声《ごえ》がそれに答え、ふんぞりかえったJ・Pが茂《しげ》みの中から現《あら》われた。つきそっているのは宮殿《きゅうでん》にいたふたりの女シロアリで、彼《かれ》のほおひげをいとおしげにさすっては、その指をなめていた。

「さて、もうここでお別《わか》れだ」とJ・Pはいった。「だが、またもどってくるぜ。J・P・シロヒゲアリノスハネカクシはきっともどってくる」

「J・Pさん」とカマキリがいった。「お別れのあいさつはそれぐらいにして、思いだしてくれますか。われわれが軍隊《ぐんたい》に囲《かこ》まれていることを」

「ああ、わかってるって。おれのあとにくっついてきな」

老鉱山師《ろうこうざんし》はそういうと、低《ひく》く身《み》をかがめて茂《しげ》みの中に姿《すがた》を消《け》した。カマキリ探偵《たんてい》と、バッタ博士《はかせ》と、メミズムシはそのあとにつづき、剣戟《けんげき》のひびきがこだまする前庭《まえにわ》をすりぬけた。

メミズムシがばったり倒《たお》れ、スープのお代《か》わりをせがんだ。カマキリ探偵は彼を肩《かた》にかつぎあげて、先を急《いそ》いだ。メミズムシの混乱《こんらん》した目は地上《ちじょう》にそそがれていた。「……ここは……ここは……いったいどこだ？」

兵士《へいし》たちが一行《いっこう》のそばを駆《か》けぬけていった。月明《つきあ》かりの中に両軍《りょうぐん》の制服《せいふく》が浮《う》かびあがり、鋭いチ、チ、チという命令《めいれい》があっちこっちでさけびかわされている。しかし、J・Pはつねに相《あい》手《て》の行動《こうどう》の先を読み、平原《へいげん》を横切《よこぎ》って、こっそり一行《いっこう》を導《みちび》いていった。

「みごとな案内《あんない》ぶりでしたよ、J・Pさん」ジャングルの厚《あつ》いカーテンの中に入ったとき、カマキリ探偵《たんてい》はそういった。

「このあたりはおれの縄張《なわば》りさ」とほろ酔《よ》いの鉱山師《こうざんし》はいった。「この土地のやつらに聞いてみな。J・P・シロヒゲアリノスハネカクシのことをよ」老《ろう》鉱山師はシャツのボタンをはずし、アルコール入りの蜜《みつ》の容器《ようき》をとりだした。それをラッパ飲みしたのはいいが、大部分《だいぶぶん》はほおひげの上にこぼれてしまった。「だれでも教えてくれるぜ。おれがあの宮殿《きゅうでん》の隅《すみ》から隅までを知りつくしてるってことをな」

「あなたの評判《ひょうばん》は鳴《な》りひびいていると思いますよ、J・Pさん」

カマキリ探偵はメミズムシに向きなおった。相手はまだわけがわからないようすで、宮殿をふりかえっていた。カマキリ探偵は商店主《しょうてんしゅ》の肩《かた》にそっと手をのせた。

「夢《ゆめ》の王国にお別《わか》れをいいなさい、メミズムシさん。いまから故郷《こきょう》へ帰るんです」

「あれは……夢か」とメミズムシはつぶやいた。「わしは……信《しん》じられないような……夢を見た」

「そう、たしかにね」とカマキリ探偵《たんてい》は答え、メミズムシの体を支《ささ》えながら向きを変《か》えた。一行《いっこう》はJ・Pのあとにつづいて、秘密《ひみつ》のジャングルの小道を歩きだした。

「故郷《こきょう》だ」ゾウムシ街《がい》を行く虫馬車《むしばしゃ》の中でメミズムシはいった。「自分がここにいることがまだ信《しん》じられんよ」

年とったメミズムシは窓《まど》ごしになじみ深《ぶか》い商店街《しょうてんがい》をながめ、自分の店の戸口《とぐち》の上に記《しる》された〈メミズムシ父子商会《ふししょうかい》〉の金文字《きんもじ》を見て、大きなため息《いき》をついた。

虫馬車がギーッと音を立ててとまり、メミズムシはステップを降《お》りた。「あんたがたおふたりのおかげで、わしは命《いのち》びろいをした。どうか店へ寄《よ》っていってくれ。この店でお気に入ったものがあれば、なんなりと。喜《よろこ》んで進呈《しんてい》するよ」

「あの冒険《ぼうけん》だけで、もうじゅうぶんな報酬《ほうしゅう》ですよ」

カマキリ探偵はふたたび虫馬車の座席《ざせき》に腰《こし》をおろしながら答えた。しかし、メミズムシは戸口に立ったまま動《うご》こうとしない。ふいにとまどいの表情《ひょうじょう》がその顔にうかんだ。カマキリ探偵は窓から優《やさ》しく声をかけた。

「中へお入りなさい、メミズムシさん。息子《むすこ》さんがお待《ま》ちかねですよ」

「どうやって……どうやってまた商売《しょうばい》をはじめたらいいんだね？　あんな経験《けいけん》をしたあとで？」

メミズムシはすがるようにカマキリ探偵《たんてい》とバッタ博士《はかせ》を見あげた。ジャングルの中の怪奇《かいき》な美しい世界へもう一度連《つ》れもどしてほしい、と訴《うった》えてでもいるかのようだ。しかし、とうとうメミズムシはふたりに背《せ》を向け、しぶしぶ戸口《とぐち》に手をのばした。ドアの上についた小さいベルが澄《す》んだ音を立てると、メミズムシの魂《たましい》がそれに応《おう》じるのがわかった。懐《なつ》かしげにほほえみながら、彼《かれ》はその小さいベルに手をふれ、店内《てんない》に入っていった。

カマキリ探偵が御者《ぎょしゃ》に合図《あいず》すると、虫馬車《むしばしゃ》はゾウムシ街《がい》を走りだした。

「さて、博士、いちおう万事《ばんじ》は丸くおさまったじゃないか。それにきみは女王陛下《へいか》のキスまで受けたことだし」

「あんな光栄《こうえい》はもう一度でたくさんだよ」バッタ博士は口ひげの先をいじりながら答えた。その瞬間《しゅんかん》、チ、チ、チというかすかな音が鼓膜《こまく》にひびき、いっそうかすかになっていくこだまが彼の神経系《しんけいけい》の中を伝《つた》わっていった。「おや、これは……？」

「女王の信号《しんごう》さ」カマキリ探偵はいった。「いっぺん聞いたら死ぬまで忘《わす》れられない」

バッタ博士は窓《まど》の外をながめ、シロアリたちがここまで自分を追《お》いかけてきたのだろうかと、つかのま不安《ふあん》を感《かん》じた。チャーリー・キノコムシも海を越《こ》えて追《お》いかけられたじゃないか。しかし、濡《ぬ》れた煉瓦《れんが》敷《じ》きの街路《がいろ》を見つめ、冷静《れいせい》で落《お》ちついた親友の姿《すがた》が窓《まど》に映《うつ》っているのをながめるうちに、イモムシの頭の怪事件《かいじけん》は永久《えいきゅう》に終わりを告《つ》げたことがようやくなっとくできたのだった。

第四話　首なし怪物《かいぶつ》の怪事件《かいじけん》

　季節《きせつ》はめぐり、いよいよバッタ博士《はかせ》がかの有名《ゆうめい》なブラックベリー・パイをこしらえる時期《じき》がやってきた。ノミ街《がい》の下宿《げしゅく》の小さい部屋は、深鍋《ふかなべ》や、平鍋《ひらなべ》や、のし棒《ぼう》や、ボウルでとっちらかり、バッタ博士を含《ふく》めたあらゆるものが小麦粉《こむぎこ》にうっすらまみれていた。博士の上着《うわぎ》とズボンはほとんど真《ま》っ白《しろ》だった。

　いま博士は腰《こし》をかがめ、オーブンの窓《まど》をのぞきこんでいる。有名なパイが（有名だと思っているのは博士だけだが）、そろそろ焼《や》きあがるところだ。

「すごくおいしそうだぞ、カマキリくん」

　カマキリ探偵《たんてい》は居間《いま》のすみのデスクの前にすわり、化石《かせき》に関《かん》する大きな本をひろげていた。だが、探偵の目は本を見ていなかった。それよりも、サイコロと、鉛筆《えんぴつ》と、小型《こがた》ナイフと、何個《こ》かの消《け》しゴムで建築中《けんちくちゅう》の、塔《とう》のほうに気をとられていた。バランスをとりながら、ひとつまたひとつと積《つ》み重《かさ》ねていく。

「もうすこしで完成《かんせい》なんだ、博士《はかせ》」息《いき》をひそめてそうつぶやくと、探偵《たんてい》はその塔《とう》のてっぺんにゼムピンをひとつのせた。

「どうやら焼《や》きあがったぞ」バッタ博士はそういって、オーブンをあけた。えもいわれぬ芳香《ほうこう》がパイの皮から立ちのぼり、博士は花模様《はなもよう》の鍋《なべ》つかみを両手《りょうて》にはめて、パイをひっぱりだした。「大成功《だいせいこう》……」湯気《ゆげ》が立ちのぼり、ぶくぶく煮《に》立っているパイを、食器棚《だな》まで運《はこ》んできた。

「……あともう……一階《かい》……」

いまカマキリ探偵が手にしているのは、ときどきそこからつまんでは嗅《か》ぐ、花粉《かふん》の入った美しい小箱《こばこ》だった。あぶなっかしくバランスをたもった塔のてっぺんに、探偵はその箱をそうっとのせた。宝石細工《ほうせきざいく》のついた美しい嗅ぎ花粉箱——それは石化《せっか》したヒメトンボの事件《じけん》を解決《かいけつ》したとき、シンジュサン王からもらった贈《おく》り物だ。探偵はその小箱を塔の上にのせた。小箱はぴたりと塔の上におさまったが、とつぜんドアにノックの音が聞こえ、探偵が立ちあがろうとしたはずみにとがったひざがデスクにぶつかり、あえなく塔はひっくりかえってしまった。

カマキリ探偵《たんてい》はあたりに散《ち》らばった品物《しなもの》をすばやく拾《ひろ》い集め、デスクの引き出しにしまいこむと、ドアに向かった。戸口《とぐち》にはトビムシが立っていた。神経質《しんけいしつ》に長い尾《お》を輪《わ》にまるめようとしながら、むこうはたずねた。

「カマキリ探偵のお住《す》まいでしょうか？」

「そうです」とカマキリ探偵は答えた。「どうぞ中へ」

トビムシが部屋に入ってきた。巻《ま》いた尾を伸《の》ばしてはその勢《いきお》いでジャンプするという、風変《ふうが》わりな歩きかただ。客《きゃく》がきたとは知らないバッタ博士《はかせ》が、エプロン姿《すがた》（シャクトリムシ夫人《ふじん》からの借《か》り物で、レースの縁《ふち》どりつき）で出てくるのと、トビムシが着地《ちゃくち》するのが同時だった。

トビムシはエプロンを見あげながらいった。

「あなたが有名《ゆうめい》なバッタ博士ですか？」

「あ……はい」バッタ博士は口ごもりながら、レースのついたエプロンのすそをたくしあげようとした。「まあ、そうです」

カマキリが助け船《ぶね》を出した。「バッタ博士はこみいった実験《じっけん》の最中《さいちゅう》でして」

「パイのようなにおいがしますね」トビムシがいった。

「そのとおり」とバッタ博士《はかせ》は答えた。「そうだ、いいところへ見えた。みんなでいっしょにすわって、食べようじゃないですか。できたての、ホカホカの……」

「トラブルです」とトビムシがいった。「たいへんなトラブルが起《お》きまして」

「トラブル？」とカマキリ探偵《たんてい》がきいた。

「……ブラックベリー・パイはいかが」

バッタ博士はこの状況《じょうきょう》を救《すく》おうとしたが、すでにカマキリ探偵はトビムシにイスをすすめており、ふたりともパイには興味《きょうみ》なさそうだ。汁気《しるけ》があって、さくさくして、プツプツ泡立《あわだ》つご自慢《じまん》のパイなのに。ふん、それならいいさ、とバッタ博士は自分にいいきかせた。分け前がふえるだけだ。そう考えながら、食器棚《だな》の前にもどった。

もどってはきたものの、やはり居間《いま》の会話に聞き耳を立てずにはいられない。

「恐《おそ》ろしい妖怪《ようかい》に……住民《じゅうみん》のみんながおびえているのです……」

トビムシは話をつづけた。キノコ四の村の付近《ふきん》では、見るも恐ろしい化《ば》け物が夜《よ》な夜《よ》な出没《しゅつぼつ》するという。「……どうやら首なしの……」

バッタ博士は思った。首なし？　なんとばかばかしいたわごとだろう。

博士《はかせ》はパイをひときれ切って、皿《さら》の上にのせた。

よし、最初《さいしょ》の味見《あじみ》にはこれぐらいでよかろう。どれどれ……

「……そこで、カマキリ探偵《たんてい》さん、あなたにお願《ねが》いすれば、キノコ四の村へお越《こ》しいただけるのではないかと……」

バッタ博士はできたてのパイのひときれをながめた。まだ熱《あつ》くて食べられないが、まもなく食べごろになるだろう。そうすれば、長い時間をかけて下ごしらえをした苦労《くろう》が報《むく》われる。アップル・パイもわるくないし、ピーチ・パイもそこそこにうまいが、なんといってもブラックベリー・パイは自慢《じまん》の逸品《いっぴん》だ。博士はフォークを手に、パイ皮《がわ》のへりにさわりながら、別室《べっしつ》でのトビムシの物語のつづきに半分耳をかたむけた。

「……もちろん、経費《けいひ》は全額《ぜんがく》お払《はら》いいたします。あの静《しず》かな田舎《いなか》の村を恐怖《きょうふ》に巻《ま》きこんだ怪物《かいぶつ》の正体《しょうたい》をあなたが調査《ちょうさ》してくださるなら、こんなありがたいことはありません……」

バッタ博士はパイ皮をつらぬいて、パイの真《ま》ん中《なか》までフォークをつっこんだ。かなりの大きさのかたまりを空中《くうちゅう》に持ちあげ、その香《かお》りをたのしんだ。

フォークの先を口もとに近づけながら考えた。これこそ決定的瞬間《けっていてきしゅんかん》だぞ。

「博士、いまから追跡《ついせき》だ！」カマキリ探偵がキッチンのドアをくぐって、バッタ博士の肩《かた》をわしづかみにした。「さあ、早く。一秒もむだにできないぞ」

フォークに突《つ》き刺《さ》さっていたパイが皿《さら》の上に落《お》ちた。「カマキリくん、きみにはひとかけらの思いやりもないのか？　いま最初《さいしょ》の味見《あじみ》をするところだったのに！」

「そのパイは待《ま》たせておくしかないね、博士《はかせ》。われわれには仕事《しごと》がある」

「待たせる？　待たせてはおけない。一時間もしたらさめてしまう」

「その一時間でこの事件《じけん》の状況《じょうきょう》が変《か》わり、とりかえしのつかないことになってしまうかもしれない。くるんだ、博士」カマキリ探偵《たんてい》は親友のひじをつかみ、むりやりコート掛《か》けのほうへひきずっていった。

「鬼《おに》！」山高帽《やまたかぼう》を頭にかぶせられて、バッタ博士はさけんだ。「悪魔《あくま》！」そうどなったときには、すでにコートを肩《かた》にはおらされ、戸口《とぐち》へ急《せ》きたてられていた。そこではトビムシが心配《しんぱい》そうに尾《お》をまるめて待っている。

「さあ、トビムシさん」とカマキリ探偵は客《きゃく》にいった。「用意《ようい》ができました」

トビムシがバッタ博士に詫《わ》びた。「申《もう》し訳《わけ》ありません。とつぜんおじゃまして」

「……いや、なに……」バッタ博士は口の中でつぶやきながら、ぴょんぴょん跳《は》ねるトビムシと、大股《おおまた》のカマキリ探偵のあとから階段《かいだん》を下《お》り、霧《きり》に包《つつ》まれた街路《がいろ》へ出ていった。

列車《れっしゃ》はレールの上をガタゴト走りつづけ、農家《のうか》や、田畑《たはた》や、広い農園《のうえん》を通りすぎていく。カマキリ探偵《たんてい》がたずねた。「その怪物《かいぶつ》は、正確《せいかく》には何回目撃《もくげき》されたんですか？」

「最近《さいきん》では、かぞえきれないほどの回数です」とトビムシが答えた。「あんまりひんぱんなので、昼間でも子供《こども》を外で遊ばせられません。おとなも、日が暮《く》れたあとは、武装《ぶそう》しないかぎり、外出《がいしゅつ》を控《ひか》えております」

「これまでに、その怪物をそばで見たことのあるかたは？」とバッタ博士《はかせ》がきいた。汽笛《きてき》がひびくたびに自慢《じまん》のパイがどんどんうしろへ遠ざかり、それにつれて博士の怒《いか》りもしだいにおさまってきたのだ。

「わたしはかなりそばで見ました。その経験《けいけん》からしても、もう二度と近づきたくはありません」とトビムシがいった。

「で、いったいその怪物はどんな姿《すがた》でした？」カマキリ探偵がたずねた。

「不気味《ぶきみ》というか、恐《おそ》ろしいというか。まるで悪夢《あくむ》の中から……」

「トビムシさん、もうすこしはっきりわかる体形《たいけい》の特徴《とくちょう》を教えてもらえると助かるんですがね」カマキリ探偵はやや苛立《いらだ》ったようにそういってから、詫《わ》びるようにつけたした。「失礼《しつれい》。

あなたが大きなショックに見舞《みま》われたことを忘《わす》れていましたよ。なにぶん、われわれの調査《ちょうさ》は、具体的《ぐたいてき》な事実《じじつ》をもとにして進《すす》めなければならないので」

トビムシが答えた。「えーと、あの怪物《かいぶつ》には首から上がありませんでした。それだけはたしかです」

「どうしてまた？」

「つまり、目も、上《うわ》あごも、下《した》あごも、歯も、舌もなかったんです」トビムシはぶるっと全身《ぜんしん》をふるわせた。「首のない胴体《どうたい》にくっついた手足。それが手さぐりでこっちへやってきました」

「で、あなたは生命《せいめい》をおびやかされたんですか？」

トビムシはひたいの汗《あせ》をふいた。「正気《しょうき》をおびやかされました。それだけはたしかです。あの不気味《ぶきみ》な怪物を見たために、あれから夜もおちおち眠《ねむ》れなくなりました」トビムシはまたひたいの汗をふいたが、そのようすは、まるで首なし怪物の記憶《きおく》をぬぐい去《さ》ろうとしているかのようだった。「カマキリさん、以前《いぜん》のわたしはスポーツが得意《とくい》でした。アマチュア競技会《きょうぎかい》で走り高跳《たかと》びやハードルなどの種目《しゅもく》に出場したものですが、あの怪物に出会って以来《いらい》、体のバネがなくなってしまいました。最近《さいきん》は跳《と》びあがることさえ……」

車掌《しゃしょう》が客車《きゃくしゃ》の戸口《とぐち》に現《あら》われた。「つぎはキノコ四の村、つぎはキノコ四の村……」

「さあ、着《つ》いたぞ」とカマキリ探偵《たんてい》が元気よく座席《ざせき》から立ちあがった。「まもなくわれわれは噂《うわさ》の怪物《かいぶつ》をこの目で見られるわけだ」

「いや、あんまりたのしい出会いとはいえませんよ」カマキリ探偵が見せた笑顔《えがお》にびっくり仰天《ぎょうてん》したようすで、トビムシがいった。

バッタ博士《はかせ》はトビムシの気持ちを察《さっ》して、親友の不作法《ぶさほう》をあやまった。「カマキリくんは超《ちょう》自然現象《しぜんげんしょう》の愛好家《あいこうか》でしてね。血も凍《こお》るような状況《じょうきょう》であればあるほど、かえって大喜《おおよろこ》びするたちなんです」

「そうですか」トビムシは駅《えき》のプラットホームに跳《と》びおりながらいった。「でも、こんどというこんどは、あのかたもきっと忘《わす》れられない経験《けいけん》をなさいますよ」

「先祖代々《せんぞだいだい》の屋敷《やしき》です」

トビムシが虫馬車《むしばしゃ》の窓《まど》からむこうを指《ゆび》さした。大きくひらけた海と空の見晴《みは》らしの中央には、断崖《だんがい》の上に建《た》てられた大きな古い建物《たてもの》があった。

「すばらしいお住《す》まいですな」高い屋根《やね》とバルコニーを見つめながら、カマキリ探偵はいった。

虫馬車《むしばしゃ》がとまると、トビムシがいった。

「あそこでわたしの伯父《おじ》がお待《ま》ちしております」

カマキリ探偵《たんてい》はそちらを見た。屋敷《やしき》の大きな玄関《げんかん》に白髪《しらが》の老将校《ろうしょうこう》が立っている。

「あのかたが……？」

「ハサミムシ高地《こうち》連隊《れんたい》のシミ大佐《たいさ》です。いまはもう退役《たいえき》の身分《みぶん》ですが」トビムシは虫馬車のドアをあけ、外に跳《と》びおりた。「でも、まだかくしゃくとして意気《いき》さかんですよ」

老大佐は階段《かいだん》を下《お》りてくると、手をさしだした。「カマキリ君か？　きみのことはよく存《ぞん》じておる。わしの親友に力を貸《か》してくれたことがあったろうが」

「失礼《しつれい》ですが、どなたのことでしょうか？」

「ツチハンミョウという名に覚《おぼ》えはないかね？　ジャガイモ商売《しょうばい》にたずさわっとる男だが」

カマキリは微笑《びしょう》した。「ああ、朽《く》ちた古木《こぼく》の事件《じけん》ですね」

「あの事件でのきみの解決《かいけつ》ぶりはみごとだった。いまでもツチハンミョウは当時《とうじ》の思い出話《ばなし》をするぞ」気性《きしょう》の激《はげ》しい老大佐《ろうたいさ》は、鉄《てつ》ぶちの片《かた》めがねをはめなおした。「この事件でもきみがあのときに劣《おと》らぬ手腕《しゅわん》を発揮《はっき》してくれることを、わしは大いに期待《きたい》しておる」

「あなたはその怪物《かいぶつ》を目撃《もくげき》されましたか？」

「あのけしからん怪物は、わしが例《れい》によって夕方の散歩《さんぽ》をしておるときに現《あら》われた」たえず外へ飛《と》びだす癖《くせ》のある片めがねを、シミ大佐はまたはめなおした。「一万もの軍隊《ぐんたい》アリの大軍《たいぐん》が攻《せ》めよせてきても、びくともしなかったわしだが、あの怪物を見《み》たときは拍車《はくしゃ》の先まで真《ま》っ青《さお》になったて」

「閣下《かっか》、その怪物がどうしてあなたにひきよせられたか、お心当《こころあ》たりは？」

「いや、見当《けんとう》もつかん。いまもいうように、わしは夕方の散歩に出て、考えごとにひたりきっておった。『軍隊アリ戦争回顧録《せんそうかいころく》』を執筆《しっぴつ》する予定《よてい》でな」大佐は片めがねで森の方角《ほうがく》を指《さ》した。

「いまでもまだ南ではときどき反乱《はんらん》が起《お》きるが、もちろん、あの大作戦《だいさくせん》とはくらべものにならん。わしがまだ血気《けっき》さかんな現役《げんえき》のころは……」

カマキリ探偵《たんてい》は大佐《たいさ》の地所《じしょ》の南にある森に目をこらした。「あなたがごらんになったのは軍隊《ぐんたい》アリでは？」

「わしがあの悪党《あくとう》どもの外見《がいけん》を知らんとでも思うのかね？　やつらとの戦《たたか》いに半生《はんせい》を捧《ささ》げつくした、このわしが？　ちがうな、カマキリくん、あれはアリではない。もっとはるかにおぞましい妖怪《ようかい》だ」

「で、あなたはその怪物《かいぶつ》をひきよせるようなことはなさらなかった？」

「ラッパを吹《ふ》いたりはせん。それがきみの質問《しつもん》の要点《ようてん》ならば」と大佐は切り返《かえ》した。

甥《おい》のトビムシがわきから口をはさんだ。「しかし、伯父《おじ》さん、あのときは庭《にわ》で口笛《くちぶえ》を吹いておられたじゃないですか」

「口笛？」カマキリ探偵は、その音が聞こえるかのように首をかしげた。

「ああ、口笛をな」大佐は荒々《あらあら》しくいった。「おい、わしは自分の庭で口笛を吹くことも許《ゆる》されんのか」

「口笛ね……なんの曲でした、閣下《かっか》？」カマキリ探偵は優《やさ》しくたずねた。

「わしが口笛で吹ける唯一《ゆいいつ》の曲だ。口笛で吹く価値《かち》のある唯一の曲でもある。《ハサミムシ行《こう》進曲《しんきょく》≫」

「軍歌《ぐんか》ですね」

「いかにも」大佐《たいさ》はそういうと、ブーツのかかとを打ちあわせ、拍車《はくしゃ》をチャリンと鳴《な》らした。

「もうひとつだけ聞かせてください、閣下《かっか》」とカマキリ探偵《たんてい》はいった。「そのとき、あなたは拍車のついたそのブーツをはいておられましたか？　いまわれわれがその音を聞いたブーツを？」

大佐はひややかに答えた。「わしはこれ以外《いがい》の靴《くつ》をはいたことがない」

「ありがとうございました。たいへん参考《さんこう》になりましたよ」

「フム、では、ひとつがんばってくれ」大佐は甥《おい》のほうに向きなおった。「おまえが怪物《かいぶつ》に追《お》いかけられた場所《ばしょ》へ、カマキリくんたちを案内《あんない》してさしあげろ」

「伯父《おじ》さん、もうじき日が暮《く》れますよ……」

「案内しろといっとるんだ！」

大佐の片めがねが、ひもを端《はし》にくっつけたままで吹《ふ》っ飛《と》び、甥のトビムシは思わず「気をつけ」の姿勢《しせい》になった。

トビムシが手にさげたカンテラがゆれて、地上《ちじょう》に奇怪《きかい》な影《かげ》を投《な》げかけた。行く手の闇《やみ》の中に噴水《ふんすい》がある。彫像《ちょうぞう》の口から小さな丸い池に水がしたたり落《お》ちている。トビムシは石のベンチを指《さ》していった。

「わたしはここにすわっていたんです。ハーモニカをとりだして、ごく静《しず》かに一曲吹《ふ》いているとき……」

「こんどもやはり音楽ですか、トビムシさん？」カマキリ探偵《たんてい》は大佐《たいさ》の甥《おい》をちらと見やった。

「ほんのまねごとでして」とトビムシは答えた。「むずかしい曲は吹けません。古い軍歌《ぐんか》の二、三曲だけ。以前《いぜん》はわたしも軍隊《ぐんたい》にいたものですから……」

「で、あなたがその曲を吹《ふ》いておられるときに、首なし怪物《かいぶつ》が現《あら》われた？」

「そうです。曲は《ハサミムシの側面攻撃《そくめんこうげき》》でした。ご存《ぞん》じですか？」

「知ってますとも」バッタ博士《はかせ》が最初《さいしょ》の二、三小節《しょうせつ》をハミングした。

「それです」トビムシもハミングでそれに加《くわ》わった。

「おふたりとも、お静《しず》かに」カマキリ探偵《たんてい》はじれったそうにあたりを見まわし、トビムシの手からカンテラをさらいとると、地面に足跡《あしあと》が残《のこ》されてないかを調《しら》べはじめた。しばらくベンチのそばを往復《おうふく》したのち、草むらへ入っていったが、まもなく落胆《らくたん》した表情《ひょうじょう》でもどってきた。

「かんじんの足跡が、上からめちゃくちゃに踏《ふ》みにじられていますね」

「申《もう》し訳《わけ》ない。怪物を目撃《もくげき》したという話を聞いて、おおぜいの村民《そんみん》が現場《げんば》を見にきたんです」

「それは残念《ざんねん》」とカマキリ探偵は答えた。「だが、避《さ》けられないことでしょう。では、これから森の中を調べます。あなたは村民といっしょに森の中を捜索《そうさく》されましたか？」

「いや、めっそうもない！」トビムシは尾《お》を下に巻《ま》きこんで、身《み》をすくめた。「とても森の中へ入る気はしません。一連隊《れんたい》の兵士《へいし》がうしろについているならともかく」

「そこまでの必要《ひつよう》はないと思いますよ」カマキリ探偵はカンテラを高くかざした。「いっしょにくるかね、博士？」

バッタ博士《はかせ》はカマキリ探偵《たんてい》のあとにつづいて、木のあいだを縫《ぬ》う細い小道に入った。ほんの数歩進《すす》むと、もうそこはうっそうとした森だった。

「お気をつけて！」トビムシが庭園《ていえん》からそう声をかけた。つぎの瞬間《しゅんかん》には、もうその姿《すがた》が屋敷《やしき》をめざして影《かげ》の中を跳《と》びはねていった。

カマキリ探偵は行く手《て》の地面を照らしながら、ゆっくりと進んだ。バッタ博士はそのすぐあとにくっついて、心配《しんぱい》そうに左右をうかがった。首なし怪物《かいぶつ》がいたるところに群《む》れているような気がする。ゆれるカンテラの光に照らされた森の大木《たいぼく》は、まるで踊《おど》っているように見えるし、下生《したば》えがすれあってざわざわと音を立てる。カマキリ探偵は腰《こし》をかがめ、しばらくカンテラで足もとを照らしたあと、また背《せ》をのばしてバッタ博士に追《お》いつき、そのすぐ横を歩きだした。

バッタ博士はうわずった声でたずねた。

「なにが見えた、カマキリくん？」

「いろいろのものだよ、博士。しかし……ある意味《いみ》ではなにも見えない」

「じれったいな。はっきりいえよ。この森はじつに不気味《ぶきみ》な場所《ばしょ》だ。もしなにかの足跡《あしあと》を見つけたのなら、たのむから教えてくれ」

カマキリ探偵は立ちどまり、カンテラを高く持ちあげ、枝《えだ》をきしませながらゆれ動《うご》いてていいる木々《きぎ》をふりかえって、にっこりほほえんだ。夜風《よかぜ》に合わせて、草むらがため息《いき》をついている。

「博士《はかせ》、暗闇《くらやみ》で出会うものの中で、いちばん怖《こわ》いものはなんだと思う？」

「首なし怪物《かいぶつ》？」

「ちがうな、博士。いちばん怖いのは、自分の顔だよ。なにやら見なれない影《かげ》としてそれを見た場合《ばあい》は……」

カマキリ探偵《たんてい》は自分の姿《すがた》がそうした影を落《お》とすように、カンテラをあっちこっちへゆらした。ゆがんだ影が、悪夢《あくむ》の中の生き物のように奇怪《きかい》な形をとりはじめた。

「つまり、トビムシや村民《そんみん》たちが見たのは自分自身の影だ、といいたいのかい？」

「想像力《そうぞうりょく》にはものすごい威力《いりょく》がある」カマキリ探偵はもう一度カンテラを地面に近づけた。「ここで見つけた足跡《あしあと》には、べつになにも異常《いじょう》なところはない。なにも……怪物じみたところはない」ふたたびカンテラがゆれると、暗《くら》い森のとばりの上に妖怪《ようかい》じみた影が踊《おど》りまわった。

「さて、それじゃ屋敷《やしき》へもどって日の出を待《ま》つとしよう。朝になれば、この謎《なぞ》めいた森も、もっとはっきりしたことを物語ってくれるだろう」

バッタ博士はベッドに横になったものの、夜中《よなか》をだいぶ過《す》ぎても、たえず寝返《ねがえ》りを打ちつづけている。忍《しの》びよってくる恐《おそ》ろしい不安《ふあん》をどうしてもふりはらえないのだ。いつもの睡眠法《すいみんほう》もためしてみた。柵《さく》の上を飛《と》びこえるヒツジシラミバエの数をかぞえるのだが、ぜんぜん効《き》き目《め》がない。その上、だんだん腹《はら》がへってきた。

また寝返《ねがえ》りを打ってから、バッタ博士《はかせ》は気づいた――この屋敷《やしき》の中のだれかも、やはり眠《ねむ》れないらしいぞ。屋敷のどこか下のほうでかすかなハーモニカの音色《ねいろ》がする。

トビムシが起《お》きているのだ。かわいそうに、あの男もわたしとおなじで、神経《しんけい》がすっかりまいっているのか。なにしろ首なし怪物《かいぶつ》がうろつきまわっているからな。それなのに、カマキリ探偵《たんてい》はこのすべてが想像力《そうぞうりょく》の産物《さんぶつ》だと思っている。

バッタ博士は枕《まくら》の上に頭をのせたまま、空中《くうちゅう》を渡《わた》ってくる古い軍歌《ぐんか》に耳をすませた。

〝……おれが勇《いさ》んでイナゴ戦争《せんそう》にでかけたとき……〟

ああ、よく知っているぞ、この歌なら。

その哀調《あいちょう》のこもった歌を低《ひく》く口ずさむと、バッタ博士には軍隊《ぐんたい》時代の思い出がよみがえってきた。軍医《ぐんい》として、遠く海外で暮《く》らした日々《ひび》。あの忘《わす》れられない日々は、もう二度ともどってこない。

〝……それはきみさ、リリー・マルハナバチ・マルレーン、それはきみさ、リリー・マルハナバチ・マルレーン……〟

バッタ博士《はかせ》は頭がしだいに重《おも》くなり、眠気《ねむけ》のせいか、脚《あし》がピクピクふるえた。古い軍歌《ぐんか》のメロディーを聴《き》きながら、夢《ゆめ》の国へ入りこもうとしていた。

広い屋敷《やしき》のどこかで恐怖《きょうふ》の悲鳴《ひめい》が聞こえたとたん、バッタ博士はぴょんとベッドから飛《と》びだした。ドアをくぐり、廊下《ろうか》を走りだした。そこでカマキリ探偵《たんてい》と出会い、ふたりはいっしょに階段《かいだん》を駆《か》けおりた。

屋敷のあっちこっちで明かりがともされ、寝間着姿《ねまきすがた》の召使《めしつか》いたちがいそがしく走りまわっている。その混乱状態《こんらんじょうたい》の中心に若《わか》いトビムシがいた。青ざめた顔、ふるえる尾《お》、ハーモニカをわしづかみにして、窓《まど》のほうを指《さ》している。

「やつがあそこに！」トビムシは恐怖にかすれた声でさけんだ。「庭《にわ》の中をうろついていた！」

「きたまえ、博士」カマキリ探偵がカンテラをひとつさらいとった。バッタ博士は急《いそ》いでそのあとを追《お》い、屋敷の戸口《とぐち》から外に出た。

夜明《よあ》けの光がたよりなくさしこもうとしているが、あたりはまだ霧《きり》にとざされたままだ。まもなくバッタ博士《はかせ》はカマキリ探偵《たんてい》とはぐれ、庭《にわ》の中を手さぐりで進《すす》むことになった。

噴水池《ふんすいいけ》のポタ、ポタ、ポタという音がすぐ先に聞こえたので、バッタ博士は手さぐりでゆっくりとそっちへ向かった。足もとの砂利《じゃり》がギシギシ鳴《な》り、しずくの垂《た》れる音がはっきりしてきた。

灰色《はいいろ》のもやの中に池の彫像《ちょうぞう》のおぼろな姿《すがた》が見えた。彫像の口からはまだ水がしたたり落《お》ちている。そうだ、太陽が昇《のぼ》って小道がもっとよく見えるようになるまで、ここで待《ま》つことにするか。さらに何歩か噴水へ歩《あゆ》みよったとき、バッタ博士もまた夜明《よあ》けの中に恐怖《きょうふ》の悲鳴《ひめい》をひびかせることになった。

「出、出、出たあ、怪物《かいぶつ》だ！　うわあ……」

バッタ博士がよろよろと後退《こうたい》すると、彫像が近づいてきた。いや、彫像ではない。地獄《じごく》からきた悪夢《あくむ》だ。首のなくなったつけ根《ね》からポタポタしずくが垂れ、腕《うで》がこっちへ伸《の》びてくる。

「助けてくれえ！　カマキリくん！　トビムシさん！　だれか！　助けてくれえ！」

バッタ博士の後脚《あとあし》が準備《じゅんび》に入った。三千五百本の繊維《せんい》でできた後脚の跳躍筋《ちょうやくきん》が、わずか〇・〇三秒で記録破《きろくやぶ》りのハイジャンプをやってのける……はずだった。だが、あいにく博士は自分で自分の寝間着《ねまき》のすそを踏《ふ》んづけ、しりもちをついてしまった。

「いやだ！　おい、やめてくれ！」

バッタ博士《はかせ》はステッキをふりかざしたが、目のない首なし怪物《かいぶつ》にそんなものが見えるはずもない。首のつけ根《ね》からよだれを垂《た》らし、毛深《けぶか》い腕《うで》を振《ふ》りながら、どんどん近づいてくる。もとは首のあったであろうつけ根にぽっかりあいた恐《おそ》ろしい穴《あな》が、いまやバッタ博士の真上《まうえ》に迫《せま》った。恐ろしい腕が博士の腕にふれる。もはや悲鳴《ひめい》さえのどの奥《おく》でつっかえ、博士はやみくもにステッキを振りまわすだけだった。

そのとき、だしぬけにカンテラの明かりが近くに現《あら》われ、おおぜいの声がもやを切り裂《さ》いた。首なし怪物は向きを変《か》えて逃《に》げだし、朝もやの中へ姿《すがた》を消《け》してしまった。

「博士」カマキリ探偵《たんてい》がカンテラをさげて近づいてきた。

「いちばん怖《こわ》いものは自分の顔じゃなかったよ、カマキリくん」立ちあがったものの、博士はまだ身《み》ぶるいがとまらなかった。「いちばん怖いものはあれだ」

バッタ博士は、いま怪物が姿を消した方角《ほうがく》にたなびくもやを指《ゆび》さした。

「たしかにね、博士。あの怪物は実在《じつざい》するよ。しかし、これをどう思う？」カマキリ探偵はカンテラを下におろし、泥《どろ》の上に残《のこ》されたかかとの跡《あと》を照《て》らした。「これは足跡だ。ごくふつうのね。この足跡の主《ぬし》はそんなに大きくなく――」

「巨大《きょだい》な怪物《かいぶつ》だったよ、カマキリくん！」

「ちがうね、博士《はかせ》。どう見ても一センチの長さしかない」

「だが、首がなかった」

砂利《じゃり》を踏《ふ》みしめるべつの足音が聞こえた。ふたりがふりむくと、そこにはトビムシと、伯父《おじ》のシミ大佐《たいさ》が、どちらも武器《ぶき》を持って立っていた。大佐がうなるようにいった。「カマキリくん、バッタくん、だいじょうぶか？」

「だいじょうぶですよ、閣下《かっか》」とカマキリ探偵《たんてい》がいった。

バッタ博士がいった。「どこかそのへんにステッキを落《お》としたんですが……」

「ありましたよ、博士」トビムシが草むらの中に手をのばしながらいった。

「ちょっと失礼《しつれい》」カマキリ探偵が長い腕《うで》を伸《の》ばした。「ステッキの先についたこの液体《えきたい》はなんだろう？」

「怪物のものだよ」とバッタ博士は答えた。「わたしはステッキでなぐりつけようとした。すると、むこうがやたらによだれを垂《た》らしたんだ」

「しばらく、このステッキを借《か》りていくよ、博士。いまから一時間かそこらは返《かえ》せない。そのつもりでいてくれ」

その屋敷《やしき》の古代武具室《こだいぶぐしつ》には、先祖代々《せんぞだいだい》から伝《つた》わる古い長剣《ちょうけん》や、盾《たて》や、そのほかたくさんの武《ぶ》器《き》が飾《かざ》られていた。バッタ博士《はかせ》はむかしの軍旗《ぐんき》や旗印《はたじるし》の下をゆっくりと歩いた。それはシミ一族《ぞく》が、海からそそり立ったこの高原《こうげん》をはじめて征服《せいふく》した時代のものだった。そのすべてはもはや歴史《れきし》でしかないが、この一門《いちもん》がこれまでに加《くわ》わった戦闘《せんとう》の中でも最《もっと》も奇妙《きみょう》な戦闘が、いまやはじまったわけだ。召使《めしつか》いたちは無言《むごん》で忍《しの》び歩き、あらゆる窓《まど》と戸口《とぐち》はかんぬきでとざされて、見張《みは》りの目が光っていた。

バッタ博士は古代武具室から廊下《ろうか》に出て、カマキリ探偵《たんてい》の部屋へ下《お》りていった。軽《かる》くノックして中に入る。カマキリ探偵は丸めていた長い背中《せなか》をまっすぐに伸《の》ばした。テーブルの上には化学分析《かがくぶんせき》キットがひらかれ、その横にはステッキがだいじにおいてあった。

「これはごくふつうの唾液《だえき》だったよ、博士」カマキリ探偵はステッキの先を指《ゆび》さした。「べつに毒性《どくせい》もないし、特殊《とくしゅ》なホルモン分泌物《ぶんぴつぶつ》も含《ふく》まれていない。例《れい》の怪物《かいぶつ》は、わが昆虫種族《こんちゅうしゅぞく》のすでに知られた科に属《ぞく》している」

「クビナシムシ科なんてものがあったかね、カマキリくん？　まさかな」

「彼《かれ》はハエの一種《いっしゅ》だよ、博士。大型《おおがた》の部類《ぶるい》だ。それは認《みと》めるが、ハエはハエだよ」

「首のないハエ？」

「そのとおり」カマキリ探偵《たんてい》は宝石商《ほうせきしょう》の使《つか》う拡大鏡《かくだいきょう》を目からはずして、下においた。「よく考えてくれ、博士《はかせ》。きみの軍隊《ぐんたい》時代を思いだすんだ。あのころにも、戦闘中《せんとうちゅう》に頭部《とうぶ》を切断《せつだん》された負傷者《ふしょうしゃ》がいただろう？」

「ああ、もちろんいたよ。そういう恐《おそ》ろしい傷《きず》を負《お》った兵士《へいし》が」

「ところで、その種《しゅ》の負傷はむごたらしくはあっても、たいていの場合《ばあい》は致命的《ちめいてき》でなかったんじゃないかな？」カマキリ探偵はイスから身《み》を乗《の》りだし、自分の論点《ろんてん》を強調《きょうちょう》した。「昆虫《こんちゅう》は首がなくても生きていけるんだよ、博士」

「しかし、われわれはいつもそうした哀《あわ》れな患者《かんじゃ》を苦《くる》しみから救《すく》うために安楽死《あんらくし》を……」

「なるほど。じゃ、きみとぼくとで、この哀れな患者を苦しみから救ってやろうじゃないか」

「というと……」

「彼《かれ》はミズアブなんだよ、博士。一年前のアリ塚反乱《づかはんらん》のときには、ここからそう遠くない戦場《せんじょう》へ出動《しゅつどう》した大隊《だいたい》に所属《しょぞく》していた。シミ大佐《たいさ》なら、その戦場が間近《まぢか》にあることを証言《しょうげん》してくれるだろう。彼は当時《とうじ》、公式監視団《こうしきかんしだん》の一員《いん》だったからね。さて、その戦場では激《はげ》しい白兵戦《はくへいせん》が行なわれ、その最中《さいちゅう》にどこをどうしてか、われらが怪物《かいぶつ》は首を切断されたんだよ。博士、きみはアリたちにとりかこまれたことがあるだろう？　どれほど彼《かれ》らの武器《ぶき》の切《き》れ味《あじ》が鋭《するど》いかはよく知っているはずだ」

「それ以来《いらい》、その兵士《へいし》はあたりをさまよい歩いているわけか――」

「――首なしの状態《じょうたい》でね。しかもその上、じょじょに飢《う》え死《じ》にしかけてもいる。物を食べられないからだ。もし脳《のう》の一部《ぶ》でも残《のこ》されていたら、いまごろは地獄《じごく》の苦《くる》しみを味《あじ》わっていたことだろう」カマキリ探偵《たんてい》は立ちあがり、背《せ》すじをまっすぐに伸《の》ばした。「では、シミ大佐《たいさ》を呼《よ》びに行こう。大佐が持っているんだよ。あの呪《のろ》われた、哀《あわ》れな獲物《えもの》を最後《さいご》の罠《わな》に誘《さそ》いこむための餌《えさ》をね」


朝日はすでに高原《こうげん》の上に昇《のぼ》り、もやを焼《や》きはらい、水面《みなも》にたわむれる波をきらめかせていた。大海原《おおうなばら》は屋敷《やしき》の真下《ました》からどこまでもひろがっている。絶壁《ぜっぺき》が森と出会うところに、奇妙《きみょう》な小さい軍隊《ぐんたい》が整列《せいれつ》していた――カマキリ探偵、バッタ博士《はかせ》、トビムシ、それに老《ろう》大佐の四名が、シミ一族《ぞく》の古代《こだい》武具《ぶぐ》室《しつ》から持ちだした槍《やり》で武装《ぶそう》したのだ。そのそばで、軍楽隊《ぐんがくたい》のドラムを肩《かた》から吊《つる》しているのは、在郷軍《ざいごうぐん》の制服姿《せいふくすがた》の若《わか》いセミだった。

「準備完了《じゅんびかんりょう》」とカマキリ探偵がいった。「では、はじめましょう」

シミ大佐《たいさ》が若《わか》いセミに向かって鋭《するど》く命令《めいれい》をくだした。セミはゆっくりとしたテンポのおごそかなドラムの連打《れんだ》をはじめた。その音はまわりの野原にひびきわたり、断崖《だんがい》を越《こ》えて、きらめく大海原《おおうなばら》にまで伝《つた》わっていく。

「前へ――進《すす》め！」

大佐が行進《こうしん》を命《めい》じると、小隊《しょうたい》は森のへりにそって動《うご》きだした。ドラムのリズムに合わせて足音がひびく中で、カマキリ探偵《たんてい》は一同《いちどう》に小声《こごえ》で教えた。

「あの怪物《かいぶつ》はなんの悪気《わるぎ》もない。それはたしかです。しかし、逆上《ぎゃくじょう》すると押《お》さえがきかなくなるかもしれない。だから、もしむこうが突進《とっしん》してきたときは――みんなですばやくとどめを刺《さ》す。よろしいですか？」

「承知《しょうち》した」と大佐が答えた。

ほかのみんなもきらきら光る槍《やり》を肩《かた》にかついだまま、うなずきかえした。セミのドラムはまだ連打をつづけ、鋭い、たたみかけるようなひびきを四方《しほう》に送《おく》りだしている。バグランド王国の初期《しょき》、ここにいるみんなが兵役《へいえき》につき、何度かの大戦争《だいせんそう》でおおぜいの命《いのち》が失《うしな》われた。しかし、それでもこれはわれわれの知るかぎりでいちばん悲《かな》しい行進かもしれない。バッタ博士はそう考えながらも、槍をしっかりと握《にぎ》りなおした。いま、小隊は断崖《だんがい》に近づいており、もし逆上《ぎゃくじょう》したミズアブが突撃《とつげき》してきたら、こちらはひとたまりもなく崖《がけ》のふちから海へ転落《てんらく》してしまうだろうからだ。

「小隊《しょうたい》、回れ右、前へ――進《すす》め！」

大佐《たいさ》が命令《めいれい》をくだすと、小隊は森のへりで右に向きを変《か》え、さらにもう一度右に向きを変えてひきかえした。セミのドラムが連打《れんだ》をくりかえした。その勇壮《ゆうそう》なリズムは空気を切りきざみ、木《こ》の間《ま》をつらぬいて、森の中心部《ちゅうしんぶ》にまで伝《つた》わっていく。小隊がまた向きを変えたとき、木々《きぎ》の壁《かべ》のすぐ奥《おく》でぼろぼろの姿《すがた》が動《うご》いたのを、だれもが見のがさなかった。

大佐は小隊に「とまれ！」と命《めい》じ、ドラムだけがひびきわたった。森はまたも緑のカーテンに変わり、その奥でなにが動いているかは知りようがなくなった。バッタ博士《はかせ》は槍《やり》を肩《かた》からおろし、身《み》を守る構《かま》えに入った。

小刻《こきざ》みなドラムの連打がひびきわたる合間《あいま》に、枝《えだ》がぴしぴしと踏《ふ》みつけられて折《お》れる音が聞こえてきた。

バッタ博士は槍の穂先《ほさき》をすこし下げて、森の壁に狙《ねら》いをつけた。そのかたわらで、カマキリ探偵《たんてい》もおなじ構えをとった。シミ大佐とその甥《おい》は隊列《たいれつ》から離《はな》れて、カマキリ探偵とバッタ博士の真向《まむ》かいに新しい一列《れつ》を作った。すべての槍の穂先が森のほうを向いて、恐《おそ》ろしいアーチを作っていた。

下生《したば》えのぴしぴし折《お》れる音がしだいに近づいた。背《せ》の高い草むらが身《み》ぶるいしてふたつに分かれると、そこから首のない兵士《へいし》が現《あら》われた。両脚《りょうあし》は、まだ曲がりなりにもドラムの行進《こうしん》のリズムに合わせて動《うご》いているようだ。兵士はゆっくりと、苦《くる》しそうに、きらめく槍《やり》の穂《ほ》先《さき》が作るアーチへ近づいてきた。とつぜん、そのアーチにぞくぞくと新しい槍が加《くわ》わったように思えた。まるで幻《まぼろし》の兵士の大部隊《だいぶたい》が、傷《きず》つき苦しんでいるこの戦友《せんゆう》の名誉《めいよ》をたたえているかのように。

鋼《はがね》のアーチはきらめき、首のない兵士はよろめきながら近づいてきた。ぼろぼろになった羽は垂《た》れさがり、ひきずりぎみの両脚はまだドラムのリズムに合わせて動いている。胴体《どうたい》のてっぺんにむごたらしい傷を負《お》っているにもかかわらず、ミズアブの兵士は静《しず》かに、おごそかにアーチの下へ入ってきた。首がなく、目も見えず、半死半生《はんしはんしょう》なのに、まだドラムのリズムに合わせて、槍のアーチの下を行進しているのだ。空を向いた槍は、海を越《こ》え、太陽までも伸《の》びていくようだった。生者《せいじゃ》たちの小隊《しょうたい》は、涙《なみだ》に目をうるませていた。日ごろはすましかえったカマキリ探偵《たんてい》でさえ、感情《かんじょう》を抑《おさ》えきれないようすだ。ただ、幽霊《ゆうれい》たちの小隊だけが穏《おだ》やかに幻の剣《けん》をさしあげ、この兵士を受けいれようとしていた。とっくのむかしに、永遠《えいえん》のもやの中で自分たちの仲間《なかま》に加わるべきだったこの兵士を。

ミズアブの一兵士《へいし》は槍《やり》のアーチの下をくぐりぬけ、断崖《だんがい》に向かった。崖《がけ》のふちへ近づくにつれて、兵士の足音は力強くなり、背《せ》すじはぴんと伸《の》び、恐《おそ》ろしい傷《きず》は忘《わす》れられて、もはや彼《かれ》を苦《くる》しめもせず、その名をけがしてもいないようだった。ミズアブの兵士はドラムのひびきに合わせて行進《こうしん》をつづけ、崖のふちを越《こ》えて太陽の中に入った。

幻《まぼろし》の軍隊《ぐんたい》は消《き》えた。ドラムのひびきもやんだ。残《のこ》された生者《せいじゃ》の一隊《いったい》は、槍をかかえたまま静《しず》かに崖のふちへ近づき、真下《ました》をのぞいた。はるか眼下《がんか》で岩にくだける波は、首のない兵士の姿《すがた》をすでにのみこんでいた。もはや草地《くさち》も、森も、あの兵士が傷ついた戦場《せんじょう》も、その姿にとりつかれることはなかった。

第五話　王冠盗難《おうかんとうなん》の怪事件《かいじけん》

「王手《チェック》――これで詰《メイト》みだ」

ナナフシは騎士《ナイト》の駒《こま》を動《うご》かした。その真向《まむ》かいにすわったカマキリ探偵《たんてい》は、信《しん》じられないというように盤面《ばんめん》を見つめた。

「残念《ざんねん》だったな、カマキリくん」とナナフシがいった。

かたわらのイスでこの勝負をながめていたバッタ博士は、思わず笑《え》みをうかべた。

「もう一番」カマキリ探偵は復讐《ふくしゅう》に燃《も》えている。

「いや、おたがいにすこし頭を休めよう」わざ

とカマキリ探偵《たんてい》をじらすように、ナナフシはイスの背《せ》にもたれた。

ウエイターが新しいお茶を運《はこ》んできた。バッタ博士《はかせ》は花粉《かふん》ケーキのお代《か》わりをたのんだ。ほかのテーブルでは、この喫茶店《きっさてん》の常連《じょうれん》が新聞を読んだり、政治論《せいじろん》をたたかわせたり、ティーカップの底《そこ》を見つめて思案《しあん》にふけったりしている。この古くうす暗《ぐら》い喫茶店のムードは、いろいろな考えを呼《よ》びさますらしい。

「カマキリくんも、ナナフシくんも、このケーキをひとつどうだ？」

美しく飾《かざ》られたケーキがテーブルにおかれるのを待《ま》って、博士はそうすすめた。

「われわれの友人は食欲《しょくよく》をなくしたらしいぞ」ナナフシがからかった。

たしかにカマキリ探偵は浮《う》かない顔つきだった。長い両腕《りょううで》をひざの上にたたみ、目は喫茶店の窓《まど》に向けられている。

「やっぱり、女王《クィーン》を動《うご》かすべきじゃなかった」とカマキリ探偵はぼやいた。

「いや、敗因《はいいん》はその前にあったよ」とナナフシが答えた。

「まあまあ、おふたりとも、お願《ねが》いだから」とバッタ博士が仲裁《ちゅうさい》に入った。「過《す》ぎたゲームはふりかえらないこと。今夜は暖《あたた》かいし、クロッカスも咲《さ》いているし、もっと陽気《ようき》な話題《わだい》にしよう。この世《よ》はチェスがすべてじゃないだろうが」

「チェスを差《さ》し引いたら、もうあんまり残《のこ》るものはない」とカマキリ探偵《たんてい》が答えた。「この世《よ》はひとつのボード・ゲームだからな」

「たしかにそれはいえる」小さいケーキを頬《ほお》ばりながら、ナナフシがいった。「われわれはマス目からマス目へ迷《まよ》い歩いているようなものだ」ナナフシはチェス盤《ばん》に目をやり、カマキリ陣《じん》の王《キング》が敗北《はいぼく》にうちのめされて立っているのを見てにやりとした。

カマキリ探偵は勝ちほこった相手《あいて》の視線《しせん》に気づいた。「あんまり調子《ちょうし》に乗《の》るなよ、ナナフシくん。そちらの用意《ようい》ができしだい、つぎの勝負だ」

「まあ、待《ま》ってくれ。王手《チェック》とか詰み《メイト》とかの勝負には、いささかうんざりしたよ。もっとべつの知恵《ちえ》くらべをやろう。もっと新しいゲームを」

「もしそんなゲームがあればな」

「きみは名《めい》探偵だ。いつもみごとに事件《じけん》を解決《かいけつ》する。だが、このバグランド王国には、きみにさえ解決できない三つの謎《なぞ》がある」すらりとした体つきで、カマキリ探偵にも劣《おと》らないほど背《せ》の高いナナフシが、テーブルごしに微笑《びしょう》した。「挑戦《ちょうせん》を受けるかね？」

「もちろん」とカマキリ探偵は答えた。

「ところで、バッタ博士《はかせ》」とナナフシはいった。「きみもそのゲームに立ち会って、審判役《しんぱんやく》をつとめてくれるか？」

「ああ、喜《よろこ》んで」

三人が立ちあがろうとしたそのとき、エンマムシ警部《けいぶ》が入ってきた。店内《てんない》を見まわし、カマキリ探偵《たんてい》がいるのを見《み》つけると、警部はさっそくテーブルに近づいた。

「カマキリくん、きみが見つかってうれしいよ」

「そう思ってもらえるとは光栄《こうえい》だね。よかったら、いっしょにどうぞ。いま、お茶とケーキを注文《ちゅうもん》するから」

「いや、時間がなくてな」そういいながらも、エンマムシ警部は太った体をのそりと動《うご》かして四番目のイスにすわり、カマキリ探偵に向きなおった。「いいかね。きみとはこれまで何度か足のひっぱりっこをしたことがないとはいわん。なにぶん、夜も眠《ねむ》れんような事件《じけん》がつぎつぎに起《お》きるためだ。しかし、今回はきみの助けがほしい」

「どうぞ、どうぞ」

「まだ大衆《たいしゅう》には知らされていないが、じつは恐《おそ》ろしい犯罪《はんざい》が発生《はっせい》した。ただ、その取り扱《あつか》いに細心《さいしん》の注意《ちゅうい》を要《よう》する事件なので……」エンマムシ警部は顔を上げて、まずバッタ博士《はかせ》、つぎにナナフシをながめてから、最後《さいご》にカマキリ探偵に視線《しせん》をもどした。

「警部《けいぶ》、ご心配《しんぱい》にはおよばないよ」とカマキリ探偵《たんてい》はいった。「このふたりは、ぼくの古くからの親友でね。ナナフシくんは学校の同級生だったし、バッタ博士《はかせ》は……そう、彼が思慮深《しりょぶか》い男なのはあなたもよくご存《ぞん》じだ。あなたを悩《なや》ませているのがどういう事件《じけん》であっても、その秘《ひ》密《みつ》がこのテーブルから外へもれないことは、このぼくが保証《ほしょう》する」

エンマムシ警部はしばらく目を伏《ふ》せて考えこんだあと、声をひそめて告《つ》げた。

「じつはヤママユガ国王陛下《へいか》の王冠《おうかん》が盗《ぬす》まれたのだ」

しばらくのあいだ、沈黙《ちんもく》が下《お》りた。テーブルをかこんだ一同《いちどう》が、この事件、つまり、バグランド王国の象徴《しょうちょう》である王冠の盗難《とうなん》事件が、なにを意味《いみ》するかをしばらく考えたからだ。ようやく、カマキリ探偵が口を切った。

「なにか手がかりは？」

「わかっている事実《じじつ》はこれだけだ。国王陛下は、あの王冠とともに、バグランドの全国各地《ぜんこくかくち》を巡回《じゅんかい》されるご予定《よてい》だった。王冠には昼夜《ちゅうや》休みなく、厳重《げんじゅう》な警備《けいび》がしかれていた。だが、国王のご一行《いっこう》が最初《さいしょ》の目的地《もくてきち》であるタテハチョウ地方《ちほう》に到着《とうちゃく》されたとき、王冠が紛失《ふんしつ》していることがわかったんだ」

「なるほど」

カマキリ探偵《たんてい》の瞳《ひとみ》は、もうぼんやり喫茶店《きっさてん》の窓《まど》をながめてはいなかった。どこか遠くを射《い》るように見つめていた。

「国王陛下《へいか》のご一行《いっこう》は急《いそ》いでひきかえされることになり、まもなくこの都《みやこ》に到着《とうちゃく》される。わたしは部下《ぶか》といっしょにその行列《ぎょうれつ》をお迎《むか》えするつもりだ」

「じゃ、われわれ三人もそこへ行くよ、エンマムシ警部《けいぶ》。ご安心《あんしん》を」

「ありがとう、カマキリくん。きみならささやかな役《やく》には立ってくれそうだ。いや、つまりだな、大きな問題《もんだい》で手いっぱいのわれわれが見落《お》とすような小さい問題に、きみが気づいてくれるかもしれん」

「そういう可能性《かのうせい》はあるね」カマキリ探偵は笑《わら》いを隠《かく》そうと、カップを口もとへ近づけた。

「では、これで失礼《しつれい》する」

エンマムシ警部は立ちあがると、息《いき》をはずませながら、テーブルのあいだを縫《ぬ》って戸口《とぐち》に向かった。ドアの外には彼《かれ》の部下たちが待《ま》っていた。

つづいてナナフシも立ちあがり、カマキリ探偵にうなずきを送《おく》った。「じゃ、わたしも失礼するよ。がんばってくれたまえ、カマキリくん」

「ばかをいうな。いっしょにきてくれなくちゃ困《こま》るよ。きみとぼくはさっき賭《か》けをしたじゃないか。バグランド王国の三つの謎《なぞ》を、今夜じゅうにぼくが解《と》けるかどうかを。その三つの謎に、新たな第四の謎が加《くわ》わったわけだ。その解決《かいけつ》には、この席《せき》にいるみんなの知恵《ちえ》を合わせることが必要《ひつよう》だよ」

「よくわかった」

ナナフシは答え、三人はテーブルをあとにした。盤面《ばんめん》には、まださきほどの戦《たたか》いをふりかえるように、チェスの駒《こま》が立っていた。

国王陛下《へいか》の一行《いっこう》を迎《むか》えるため、三人を乗《の》せた虫馬《むしば》車《しゃ》は街《まち》を横切《よこぎ》って進《すす》んだ。遠くのほうで、陛下を警護《けいご》するヒゲブトカメムシの近衛兵《このえへい》の一隊《いったい》が、ドラムのひびきに合わせて行進《こうしん》している。

カマキリ探偵《たんてい》の一行は、道ばたで虫馬車を降《お》り、行列見物《ぎょうれつけんぶつ》にきた市民《しみん》の列に加わった。シンバルがひらめき、ドラムがとどろき、やがて近衛兵の一隊が街路《がいろ》を行進してきた。そのうしろにつづくのは、きらきら光る毒針《どくばり》のついた尾《お》をうしろにぴんと立てたサソリたちだった。

「勇猛《ゆうもう》そのものだね、あの連中《れんちゅう》は」とバッタ博士《はかせ》がいった。

「たしかに」とナナフシが答えた。「だれがどうやってあの厳重《げんじゅう》な警備《けいび》をくぐりぬけたのか、ふしぎでならないよ」

空に大きなうなりがとどろいたかと思うと、きらめく翼《つばさ》の群《む》れが近づいてきた。王立空軍《おうりつくうぐん》のスズメバチ飛《ひ》行中隊《こうちゅうたい》が現《あら》われたのだ。黄と黒の飛行服《ふく》を着た女性隊員《じょせいたいいん》たちは、必要《ひつよう》ならすぐ攻《こう》撃《げき》に移《うつ》れる構《かま》えで急降下《きゅうこうか》してきた。群集《ぐんしゅう》は思わずあとずさりした。

進路《しんろ》の安全《あんぜん》が確保《かくほ》されるのを待《ま》って、侍従《じじゅう》たちの一団《だん》が現われた。ずらりと横一列《れつ》にならんだギョウレツケムシがめいめい絹糸《きぬいと》を吐《は》きだし、陛下《へいか》の通り道を準備《じゅんび》していく。

群集の中をざわめきが駆《か》けぬけたとき、国王の雄姿《ゆうし》がついに現われた。きらめく衣装《いしょう》に包《つつ》まれたヤママユガ陛下は、壮麗《そうれい》な羽をひろげて、絹糸のカーペットの上を堂々《どうどう》と進《すす》まれる。

「しかし」とカマキリ探偵《たんてい》が小声《こごえ》でいった。「王冠《おうかん》がない」

バッタ博士《はかせ》は山高帽《やまたかぼう》をぬぎ、それを胸《むね》に当てた。「国王陛下ばんざーい！」と群集がさけび、博士もそのさけびに加《くわ》わった。「国王陛下ばんざーい！」

ふいにバッタ博士はだれかのひじで背中《せなか》をこづかれた。かすれ声《ごえ》がうしろから聞こえてくる。

〝……やってきたのは……酒《さか》びんさげて……〟

それはラム酒《しゅ》の樽《たる》の底《そこ》からここへ直行《ちょっこう》してきたらしいトックリゴミムシだった。その酔《よ》っぱらいはしゃっくりをしながら、カマキリ探偵とナナフシのあいだをひじでかきわけ、陛下の一行《いっこう》へ近づいていった。

バッタ博士《はかせ》がささやいた。「あの男、生涯忘《しょうがいわす》れられないようなお仕置《しお》きを受けるぞ」

酔《よ》っぱらいは道の真《ま》ん中《なか》でよろめいてから、こんどは前のめりになって、国王陛下《へいか》へ近づいていった。スズメバチ飛行中隊《ひこうちゅうたい》のふたりが急降下《きゅうこうか》し、針《はり》で刺《さ》す姿勢《しせい》をとって、それ以上《いじょう》近づくなと威嚇《いかく》したが、一杯《いっぱい》きげんのごろつきは歌をがなりたてながら、なおも前に歩きつづけた。

〝……さあ、飲んだらつぎはにぎやかに……ヒック……歌でもいっちょう……〟

ふたりのスズメバチが急降下し、酔っぱらいはズボンの尻《しり》を押《お》さえて跳《と》びあがった。「……おいおい……べつにそこまで……しなくたってよ……」酔っぱらいはしばらくあたりをころげまわったすえ、反対方向《はんたいほうこう》へひきあげていった。

「すごい」とバッタ博士がいった。「ふたりで刺したのに、ほとんどこたえてないぞ。よっぽどぐでんぐでんらしい」

「ほんとにふたりで刺したのかな？」カマキリ探偵《たんてい》が静《しず》かに聞きかえした。

バッタ博士はいった。「おや、きみも見たろうが。あのふたりが同時に刺したのを。たしかにチクッと軽《かる》く刺しただけだが、スズメバチの針に二度も刺されたら……」

カマキリ探偵はバッタ博士についてこいと身《み》ぶりすると、酔っぱらいのあとを追《お》った。酒《さか》びんを落《お》っことした酔っぱらいは、かがみこんでそれを拾《ひろ》おうとしている。さっきのはやり歌のつづきを口ずさみながら。

〝……ほれ、にぎやかにやるだべさ……ヒック……柄《がら》はわるいが……〟

カマキリ探偵《たんてい》が指《ゆび》さした。

「博士《はかせ》、あの男のズボンの尻《しり》には、イガや、タンポポの毛や、泥《どろ》んこがくっついてるだけでなく、スズメバチが刺《さ》した跡《あと》もちゃんと残《のこ》っている。しかし、ごらんよ、ズボンの生地《きじ》にあいた穴《あな》はひとつきりだ」

「たしかに。だが、これはいったいなにを意味《いみ》するんだろう？」

「さあね。しかし、これがさっきエンマムシ警部《けいぶ》のいった〝小さい問題《もんだい》〟のひとつなのはまちがいない」

カマキリ探偵は行列《ぎょうれつ》のほうへひきかえした。いまではエンマムシ警部とその部下《ぶか》たちもそこに加《くわ》わり、ヒゲブトカメムシのわきを歩いていた。エンマムシ警部はカマキリ探偵の姿《すがた》を認《みと》めると、うなずきをよこした。カマキリ探偵もうなずきかえし、行列は通りすぎていった。

「この特等席《とくとうせき》から見えるものはぜんぶ見終わったと思うよ、博士。では、ナナフシくんを探《さが》して、つぎの場所《ばしょ》へ移動《いどう》しよう」カマキリ探偵は長身《ちょうしん》の友だちの姿を求《もと》めて、あたりを見まわした。「いったい、あいつはどこへ行ったのかな？」

「あそこだ」

バッタ博士《はかせ》が指《ゆび》さしたのは、道路《どうろ》わきの公園《こうえん》にある小さな池だった。ナナフシは池のほとりにたたずんで、水面《すいめん》を見つめている。

「あいつは空想《くうそう》にふけるたちだからな」カマキリ探偵《たんてい》はバッタ博士といっしょに、公園までナナフシを呼《よ》びにいった。「ああいう男がどうしてチェスが得意《とくい》なのか、どうもよくわからないが、否定《ひてい》できない事実《じじつ》として――」

「――彼《かれ》はしょっちゅうきみをうち負かす」

「あれは一種《いっしゅ》のまぐれさ。ぼくにはそうとしか思えん」

「おいおい、カマキリくん。それは負けおしみだよ」

カマキリ探偵は大股《おおまた》でぐんぐん歩きながら、水辺《みずべ》に向かって呼びかけた。

「おーい、ナナフシくん。ぼんやりしている場合《ばあい》じゃないぞ」

見あげるように背《せ》の高い男は振《ふ》りかえった。「ぼんやりしている？　われわれは賭《か》けをしたんだよ、探偵さん。それとも、もうお忘《わす》れかな？」

めんくらったカマキリ探偵は一瞬《いっしゅん》目をぱちくりさせてから、池のほとりに立つナナフシの横に立った。水面ではミズスマシの群《む》れが小さい体を黒真珠《くろしんじゅ》のように光らせながら、くるくる円を描《えが》いているところだ。

「で？」カマキリ探偵《たんてい》はミズスマシたちをながめたあと、ナナフシをふりかえった。

「焦《あせ》るなよ、カマキリくん。もうしばらく彼《かれ》らをよく観察《かんさつ》してほしい」

ナナフシはミズスマシのほうへ視線《しせん》をもどし、カマキリ探偵もそれにならった。黒光《くろびか》りした虫たちは、なにか固《かた》い決心《けっしん》でもあるかのようにあっちこっちへ動《うご》きまわり、くるくる、くるくる円を描きつづけている。熱病《ねつびょう》にかられたようなその動きで、水面《すいめん》にちらっと模様《もよう》が生まれるが、あっというまにその模様はふるえ、消《き》えていく。

「目的《もくてき》のない行動《こうどう》だ」とカマキリ探偵はいった。「上《うわ》っ滑《すべ》りな連中《れんちゅう》だからね」

「そうかな？」ナナフシはまだうっとりと水面をながめつづけた。「では、わたしの考えた三つの謎《なぞ》のうち、きみは最初《さいしょ》の賭《か》けに負けたわけだ」

「負けた？」カマキリ探偵はさけんだ。「まだ、その謎とやらを聞かされてもいないのに」

「だが、きみはもうすでにそれを見た」ナナフシは、ミズスマシたちが水面に描く波紋《はもん》を指《ゆび》さした。「あれがバグランド王国の第一の大きな謎だよ」

「どうもよくわからないな……」

「そうだろうとも。きみが見落《お》としたものは、彼ら以外《いがい》のだれの目にも見えないからね」ナナフシはミズスマシたちの泳《およ》ぎまわる池のへりを、細長い腕《うで》で指《さ》した。「カマキリくん、彼《かれ》らは水の上に文字を書いているんだよ、その文字は永久《えいきゅう》に消《き》えてしまうが、すぐまた書きしるされる。何度も何度も彼らは書きしるす。ミズスマシの物語を。なあ、それを読み聞かせてくれないか。水面《すいめん》に書かれた文字を読みあげてくれないか」

ナナフシが微笑《びしょう》するかたわらで、カマキリ探偵《たんてい》はぽかんと水面を見つめた。ミズスマシたちが水面を旋回《せんかい》すると、一瞬《いっしゅん》そこになにかの文字が見えたような気がする。またひとつ、またひとつ。だが、その文字はあっというまに書かれ、あっというまに消えてしまうので、まったく意味《いみ》が読みとれない。しかし、そこになにかの意味があることは疑《うたが》いようがない。なぜなら、いまわかったのだが、この池ぜんたいがガラスでできた黒板のようなもので、ミズスマシたちはその上を泳ぎまわりながら、謎《なぞ》めいた物語を作りあげているわけだ。カマキリ探偵はそれにさわろうとでもするように腕をさしのべたが、やがてその腕を力なくおろして敗北《はいぼく》を認《みと》めた。

「さてと、きみの本業《ほんぎょう》をじゃまするつもりはないよ」ナナフシは微笑しながらそういうと、待《ま》たせてある虫馬車《むしばしゃ》のほうを示《しめ》した。「王冠《おうかん》を盗《ぬす》んだ犯人《はんにん》を追跡《ついせき》するつもりだろう?」

「うん」とカマキリ探偵はいった。「そうだね。そうしよう」

バッタ博士《はかせ》は、カマキリ探偵が気落《きお》ちして、猫背《ねこぜ》になっていることに気づいた。いまナナフシが見せたバグランド王国の第一の謎《なぞ》が、心に重《おも》くのしかかっているらしい。きょうの午後は、あの男にとって災難《さいなん》つづきだったな、とバッタ博士《はかせ》は思った。まず、ナナフシにチェスでうち負かされ、こんどはこれか……

ナナフシがカマキリ探偵《たんてい》の背中《せなか》をぽんとたたいた。

「元気を出せよ。きみは消《き》えた王冠《おうかん》を探《さが》さなくちゃならない。きっと見つかるさ」

「王冠か、そうだな」とカマキリ探偵はつぶやいた。虫馬車《むしばしゃ》に乗《の》りこみながら、探偵はちらとナナフシを見やり、首を横にふった。まるで、きたない手を使《つか》ったな、と咎《とが》めるかのように。

「あきらめがわるいんだよ、あの男は」小声《こごえ》でバッタ博士がナナフシに教えた。

今回も、ハンミョウ公爵夫人《こうしゃくふじん》がたのみを聞いてくれた。公爵夫人の客《きゃく》という名目《めいもく》で、犯罪捜査《はんざいそうさ》チームの三人が宮殿《きゅうでん》の中へ入れるように、手配《てはい》をしてくれたのだ。

「陛下《へいか》のおそばへ先生をご案内《あんない》できて、とてもうれしいわ。ねえ、すばらしいところでしょう？」

「はい、胸《むね》がわくわくします」

バッタ博士が公爵夫人と歩いているうちに、カマキリ探偵とナナフシは、宮殿のべつの場所《ばしょ》を調《しら》べていた。そして、宮廷《きゅうてい》に仕《つか》える虫の中に大《だい》それた犯罪《はんざい》の関係者《かんけいしゃ》がいないかと、言葉のはしばしや、目つきや、疑《うたが》わしい動《うご》きに、それとなく注意《ちゅうい》していた。

「このお庭《にわ》の花壇《かだん》ときたら、それはそれはすばらしいんですのよ」

公爵夫人《こうしゃくふじん》は頭上《ずじょう》から垂《た》れさがった異国風《いこくふう》の花のほうに身《み》ぶりした。おおぜいの虫たちが手入《てい》れをしている。バッタ博士《はかせ》はその仕事《しごと》ぶりを観察《かんさつ》した。宮殿勤《きゅうでんづと》めのガの庭師《にわし》たちが長い口先を優《やさ》しく花びらの奥《おく》にさしこみ、そのうしろでは働《はたら》きバチたちが花粉《かふん》カゴを持って飛《と》びまわっている。どこにも怪《あや》しいところはない。だれもが陛下《へいか》の忠実《ちゅうじつ》なしもべだ。

公爵夫人は博士に身を寄《よ》せ、声をひそめてたずねた。

「ねえ、教えてくださいな、先生。いったいあなたがたのほんとの目的《もくてき》はなんですの？　だめだめ、嘘《うそ》をついては。あなたがあのふたりのお友だちと、なにかの捜査《そうさ》でいらっしゃったことぐらいはわかりましてよ。もしかして、陛下の御身《おんみ》になにかがあったのでは？　そういえば、最近《さいきん》お顔の色がすぐれないような気がしますわ」

「公爵夫人、お願《ねが》いです。わたしの立場《たちば》としてそれをお話しするわけには――」

「あら、わたくしは謎《なぞ》が大好《だいす》きなの！　どうか秘密《ひみつ》を打ち明けてくださいな、先生」

「そうしたいのは山々《やまやま》です。なぜなら、わたしは謎が大嫌《きら》いですから。むしろ、すべてを堂々《どうどう》と公開《こうかい》するべきだ、といいたいところです。すべてを白日《はくじつ》のもとにさらし、すべてを――」

公爵夫人《こうしゃくふじん》は靴《くつ》のつま先で小道の敷石《しきいし》をたたいた。

「先生はわたくしの質問《しつもん》をそらそうとなさるのね」

「公爵夫人、どうかお許《ゆる》しください、わたしは――」

「いいえ、許しません」公爵夫人はそういうと、いままで組んでいた腕《うで》をふりほどいた。「どうぞおひとりでお庭《にわ》を散歩《さんぽ》してらっしゃいな」彼女《かのじょ》はすたすたと立ち去《さ》り、あとに残《のこ》されたバッタ博士《はかせ》はめんくらったように口ひげをなでつけた。

上空《じょうくう》の力強いうなりが、王立空軍《おうりつくうぐん》スズメバチ飛行中隊《ひこうちゅうたい》の接近《せっきん》を告《つ》げた。侵入者《しんにゅうしゃ》を警戒《けいかい》して、たえず宮殿《きゅうでん》の近辺《きんぺん》を旋回《せんかい》しているパトロール隊《たい》だ。勇敢《ゆうかん》な女性飛行士《じょせいひこうし》たちが庭園《ていえん》に急降下《きゅうこうか》してくるのを、バッタ博士は見あげた。その羽は日ざしの中で輝《かがや》き、獲物《えもの》を狙《ねら》う鋭《するど》い目には決死《けっし》の覚悟《かくご》が見てとれる。飛行中隊に疑《うたが》いの目を向けるなんて、カマキリ探偵《たんてい》もどうかしてるぞ、とバッタ博士は思った。あの勇敢《ゆうかん》な虫たちは職務《しょくむ》に忠実《ちゅうじつ》そのものじゃないか。その上、美しい。

華《はな》やかな女性隊員《たいいん》たちは、ふたたび花壇《かだん》の上空高く舞《ま》いあがり、美しい飛行服《ふく》は太陽そのものの光の縞《しま》に染《そ》められたように見えた。その飛《と》びっぷりに見とれながら、バッタ博士は上を向いて歩きつづけた。すばらしい、じつにすばらしい。あの中のだれかを昼食に誘《さそ》えないものだろうか。

「うぐっ」どすんとだれかにぶつかって、バッタ博士《はかせ》はよろめいた。「すみません、よそ見《み》をしていて、つい……」

「気をつけろって」すぐ前には、怒《おこ》ったミツバチが毛を逆立《さかだ》て、羽をふるわせながら立っていた。「ちゃんと前を向いて歩きやがれ、さもないと――」

「はい、もちろんです。わたしの不注意《ふちゅうい》でした、申《もう》し訳《わけ》ない……」バッタ博士は、この乱暴《らんぼう》なミツバチの態度《たいど》にショックを受けた。宮殿勤《きゅうでんづと》めの連中《れんちゅう》は上品《じょうひん》だというもっぱらの評判《ひょうばん》なのに。すくなくとも、むかしはそうだった。これも世《よ》の流《なが》れだろうか。

とつぜん、かたわらの茂《しげ》みが動《うご》いた。さっきの衝突《しょうとつ》で神経質《しんけいしつ》になっていたバッタ博士は思わず飛《と》びのいたあとで、そこになじみ深《ぶか》い顔を見つけた。

「エンマムシ警部《けいぶ》！」

「シィィィーッ」警部はそろそろと外をのぞいた。「なにか見つけたか？」

「まあね」バッタ博士は答えた。「この宮殿で働《はたら》いているミツバチは不作法《ぶさほう》ですね。世間《せけん》で思われているのとはちがって」

「およそなんの役《やく》にも立たん観察《かんさつ》だな。ほかに報告《ほうこく》することはないのか？」

「ありません。なにも」

エンマムシ警部《けいぶ》の顔のまわりで茂《しげ》みがとじ、バッタ博士《はかせ》は太った警部の体が小道のもう一端《いったん》をめざして、枝葉《えだは》をかきわけていくのをながめた。そこへナナフシが姿《すがた》を現《あら》わした。警部はナナフシをじろりと見やってから、また茂みの中へ姿を隠《かく》し、葉《は》ずれの音をひびかせながら前進《ぜんしん》していった。

ナナフシがバッタ博士に合流《ごうりゅう》した。「いま公式《こうしき》ツアーに参加《さんか》してきたよ。謁見室《えっけんしつ》、塔《とう》、花の壁《かべ》。しかし、わたしの出会ったうちで、挙動不審《きょどうふしん》なのはただひとりだ」ナナフシはエンマムシ警部の隠れているふくらんだ茂みを指《ゆび》さした。

「で、カマキリ探偵《たんてい》はどこに？」

「ヘッピリムシ砲兵隊《ほうへいたい》の兵舎《へいしゃ》で落《お》ちあう約束《やくそく》でね。こっちの方角《ほうがく》だと思うよ」

ふたりは庭園《ていえん》をあとにすると、その外側《そとがわ》をまわって宮殿《きゅうでん》の裏手《うらて》へ向かった。ひろびろとした草地《くさち》では、砲兵隊が機動演習中《きどうえんしゅうちゅう》だ。ヘッピリムシたちの腹部《ふくぶ》からでっかい破裂音《はれつおん》がひびくと、草地いちめんにガスがたちこめた。

「イナゴ戦争《せんそう》のとき、あの砲兵隊の隣《となり》で戦《たたか》ったことがあるよ」バッタ博士はそういいながら、草地のへりをナナフシと歩いた。「あのガスにはヒキガエルでも気絶《きぜつ》する」

砲兵隊《ほうへいたい》の歩哨《ほしょう》がふたりの前に立ちふさがった。「通行証《つうこうしょう》を拝見《はいけん》」

バッタ博士《はかせ》は通行証を見せた。「友だちを探《さが》しているんですが」

「背《せ》の高い男ですか？　カード遊びの好《す》きな？」

「カード遊び？」バッタ博士は思わず身《み》をすくめた。「あの男はまた賭《か》けごとをはじめたんですか？」

歩哨は白く細長い兵舎《へいしゃ》を指《ゆび》さした。

「あそこで、隊《たい》の仲間《なかま》とポーカーをやってますよ。ずいぶん無鉄砲《むてっぽう》な賭けかたをする男だ。さっきのぞいたときは、身ぐるみ剥《は》がれかけてましたよ」

「ありがとう」とバッタ博士はいった。「急《いそ》ごう、ナナフシくん。早くやめさせないと、今月の家賃《やちん》はおろか、来月の家賃まですってしまう」

ふたりはいそいで兵舎の入口に向かい、中に入った。ひとかたまりのヘッピリムシがテーブルをかこんでポーカーの真《ま》っ最中《さいちゅう》。甘露《かんろ》を飲みながら、タバコの煙《けむり》をたなびかせていた。カマキリ探偵《たんてい》もそこにまじって、パイプをくゆらせ、ひたいにしわを寄《よ》せている。テーブルの上には賭け金《きん》がうずたかく積《つ》まれているが、そのてっぺんに乗《の》っかっているのは彼《かれ》の懐中時計《かいちゅうどけい》だった。カマキリ探偵は新しいカードを一枚要求《まいようきゅう》した。ヘッピリムシのディーラーが、カードをポ

ンとはじいてよこした。探偵《たんてい》はカードをつまみあげてからため息《いき》をつき、負けた手札《てふだ》を場にさらした。砲兵《ほうへい》のひとりが、にこにこ顔《がお》で賭《か》け金《きん》と懐中時計《かいちゅうどけい》をさらいとった。カマキリ探偵はうなだれて顔をそむけたが、バッタ博《はか》士《せ》とナナフシが入ってきたのを見て、急《きゅう》に元気づいた。

「ああ、わが親友たち、ちょうどいいところへ」カマキリ探偵は、つぎの手をくばろうとしているディーラーを指《ゆび》さした。

「金なら貸《か》さないぞ、カマキリくん」とバッタ博士はいった。

「そうか。そうだろうな。では……」カマキリ探偵《たんてい》はテーブルの前から立ちあがった。砲兵たちは金をかぞえ、懐中時計を調《しら》べながら、陽気《ようき》なおじぎをした。

「閣下《かっか》、ぜひまたおいでを」とディーラーがいった。「いつでも歓迎《かんげい》しますよ」

「ああ、またそのうちに」

カマキリ探偵《たんてい》は戸口《とぐち》まで歩いた。砲兵士官《ほうへいしかん》のひとりが、彼《かれ》にマントをさしだした。

「このつぎはもっとツキがまわってくるよ、探偵さん」

「ありがとう、少佐《しょうさ》。ぼくもそう思う」

カマキリ探偵はマントをはおって、さっと背《せ》を伸《の》ばすと、落《お》ちついた威厳《いげん》をとりもどしながら戸口へと歩いた。バッタ博士《はかせ》とナナフシはそのあとにつづいた。

「カマキリくん」とバッタ博士がいった。「いつになったら懲《こ》りるんだ？」

「あそこでエースを引いていたらな……」

「ポーカーなら、子供《こども》でも彼に勝てるよ」草地《くさち》の中を通りぬけながら、バッタ博士はナナフシに教えた。「カマキリくん、すくなくともこれでなにかを学んだろう」

「ああ、学んだとも。ヘッピリムシのガス発射《はっしゃ》の仕組《しく》みをね。彼らは分泌腺《ぶんぴつせん》の中にふたつのハイドロキノン化合物《かごうぶつ》をためている。その混合物《こんごうぶつ》が体内《たいない》の反応室《はんのうしつ》で点火《てんか》されると、その爆風《ばくふう》は——」

「で、王冠《おうかん》は？　カマキリくん、王冠はどうなった？」

カマキリ探偵《たんてい》は小道の上で立ちどまり、パイプに火をつけた。「一カ月前、砲兵隊《ほうへいたい》の軍服《ぐんぷく》を着たにせものが見つかった。彼《かれ》は逮捕《たいほ》され、衛兵《えいへい》の監視下《かんしか》におかれたが、宮殿内《きゅうでんない》にいるだれかの助けをかりて、うまく逃《に》げだしたらしい」カマキリ探偵はマッチを捨《す》てた。「懐中時計《かいちゅうどけい》を手放《ばな》したことをべつにすれば、きょうの意外《いがい》なニュースは、それぐらいかな。そちらはなにか興《きょう》味深《みぶか》いことを発見《はっけん》したか？」

「わたしはエンマムシ警部《けいぶ》を発見したよ」とナナフシがいった。「というか、彼が茂《しげ》みの中から わたしの前へ出現《しゅつげん》したんだが」

「そうさ。この宮殿の中のだれもが、あの警部のかくれんぼをお見通しだ。もうすこしすると、たぶん彼は……あのへんに出現するだろう」

カマキリ探偵は前方《ぜんぽう》を指《ゆび》さした。そこは宮殿の日かげにある灌木《かんぼく》の茂みだった。三人がそこへ近づくと、茂みが外へふくれあがり、その根《ね》もとに一対《いっつい》の大きな平《ひら》べったい足が現《あら》われた。

「エンマムシ警部、こんにちは」とカマキリ探偵がいった。

「シィィィーッ」茂みの中から声が聞こえ、平べったい足があわててひっこんだ。

「警部は、いつもの隠密捜査《おんみつそうさ》でいわゆる大きな問題《もんだい》を扱《あつか》っているんだよ。小さい問題は、すべてわれわれにまかされている。博士《はかせ》、きみは庭園《ていえん》でなにを観察《かんさつ》した？　なにかふつうでないものがあったかい？」

「いや。ただ、ひどく乱暴《らんぼう》な態度《たいど》のミツバチがいてね。王室《おうしつ》に仕《つか》える連中《れんちゅう》も、上品《じょうひん》なマナーで知られた、むかしと大ちがいだな」

「じゃ、みんなで庭園へもどろうか」とカマキリ探偵《たんてい》はいった。「きみのいう、そのマナーのよくないミツバチを見にいくために」

「庭園まで行く必要《ひつよう》はないよ」バッタ博士がステッキで庭園の門を示《しめ》した。「あれがそうだ、この先にいるのが」

そのミツバチは、もうひとりのミツバチと小声《こごえ》で話しあいながら、門を出てくるところだった。カマキリ探偵は目をぱちくりさせてから、熱心《ねっしん》にそのふたりを見つめた。つぎに、無言《むごん》のままでくるりと背《せ》を向け、ミツバチたちが通りすぎるあいだ、バラの花びらをながめるふりをした。ミツバチたちの姿《すがた》が見えなくなるのを待《ま》って、探偵はいった。

「さて、そろそろ宮殿《きゅうでん》からおいとまするか。すこし調《しら》べものをしなくては」

「なにかを見つけたのかい？」とバッタ博士がきいた。「あのミツバチのことで？」

「ああ、たいしたことじゃないがね」宮殿の外壁《がいへき》へと向かいながら、カマキリ探偵はいった。

「じつをいうと、たったひとつの小さい特徴《とくちょう》だけだ。いうならば、これも〝小さい問題《もんだい》〟のひとつなんだが」

「というと？」ナナフシがきいた。

「ミツバチには二対《つい》の羽があるはずだ。ところが、あの男たちには一対《いっつい》の羽しかなかった」カマキリ探偵《たんてい》はパイプを手のひらの上でポンとやって、灰《はい》を風の中にまきちらした。「毒針《どくばり》のないスズメバチと、それに……羽のないミツバチ。興味《きょうみ》しんしんだね。まったく興味しんしんしんだ」


大図書館《だいとしょかん》の中には細長いテーブルがならび、ありとあらゆる種類《しゅるい》の学者《がくしゃ》が、大きな本を前に背《せ》をかがめてすわっていた。カマキリ探偵はその中央の席《せき》を占《し》め、昆虫《こんちゅう》の擬態《ぎたい》に関《かん》する分厚《ぶあつ》い本をめくっていた。図書館の司書《ししょ》は、カマキリ探偵がパイプに火をつけたのを見つけて、さっきからもう三回も彼《かれ》を叱《しか》りつけている。そこで、探偵はいらいらしながらパイプを嚙《か》みしめることしかできなくなり、吸《す》い口《くち》がすっかりちぎれてしまった。しかし、いま探偵はとつぜん背すじを伸《の》ばすと、口からパイプを離《はな》し、嚙みちぎられたパイプの柄《え》で目の前のページの行《ぎょう》をなぞった。

「これだ！　やっぱりそうか！」

「シーッ……」

そばにいる学者《がくしゃ》たちがカマキリ探偵《たんてい》をたしなめたところへ、ナナフシが発見《はっけん》の仲間《なかま》入りをしようと駆《か》けつけた。

「なにが見つかった？」

カマキリ探偵はそのページとその行《ぎょう》を示《しめ》した。

ナナフシはそこを読み、首をうなずかせた。「うん、うん、たしかにそうだ。明々白々《めいめいはくはく》……」

「きみたち、静《しず》かにできんのかね？」初老《しょろう》のコナチャタテがきびしくたしなめた。

「どうも失礼《しつれい》」

興奮《こうふん》ぎみのカマキリ探偵は、ばたんとその本をとじた。この大音響《だいおんきょう》でまわりの席《せき》の学者たちはびくっと跳《と》びあがり、固《かた》く結《むす》ばれていた唇《くちびる》から険悪《けんあく》なつぶやきがもれはじめた。

「……言語道断《ごんごどうだん》のふるまいだ……」

「……静粛《せいしゅく》のルールをかたっぱしから破《やぶ》って……」

「……司書《ししょ》にいって、追《お》いだしてもらおう……」

ナナフシはカマキリ探偵《たんてい》をひっぱって、自分のテーブルへもどってきた。「絹《きぬ》に関《かん》してわかった事実《じじつ》は、これでぜんぶだ。参考《さんこう》になるかね？」

カマキリ探偵はテーブルに広げられた本にすばやく目を通した。「すばらしいぞ、ナナフシくん！　獲物《えもの》まではあと一歩だ！」

探偵は急《いそ》ぎ足にそのテーブルの端《はし》の席《せき》に向かった。そこではバッタ博士《はかせ》が日曜版《にちようばん》のマンガの研究《けんきゅう》に余念《よねん》がない。最近《さいきん》の博士は、犯罪《はんざい》を追ってカマキリ探偵とバグランド王国のあっちこっちを旅《たび》することが多く、新聞連載《れんさい》の何回分かを読みそこねていたのだ。

「きたまえ、博士」

カマキリ探偵が背《せ》の低《ひく》い博士の片腕《かたうで》を、そしてナナフシがもう片腕をつかんだ。背の高いふたりは両側《りょうがわ》から博士をひっぱりあげた。

「おい、放《はな》せよ！」とバッタ博士はさけんだ。「ちょっと待《ま》て！　スーパームシのその後の活躍《かつやく》を知りたいんだ！」

司書《ししょ》が駆《か》けよってきた。「退場《たいじょう》！」と彼女《かのじょ》はすさまじい見幕《けんまく》で命令《めいれい》した。「いますぐ出ていきなさい！」

バッタ博士が詫《わ》びをいおうと山高帽《やまたかぼう》をぬぎ、ナナフシがカマキリを弁護《べんご》して、事件調査中《じけんちょうさちゅう》の名探偵《めいたんてい》だと説明《せつめい》しようとした。しかし、司書《ししょ》は三人をドアから外へ押《お》しだし、鍵《かぎ》をかけてしまった。

「なんと規則《きそく》にやかましい堅物《かたぶつ》だろう」とカマキリ探偵がいった。

「そもそも、きみたちがわたしをイスからひっぱりあげなかったら――」バッタ博士《はかせ》は階段《かいだん》から山高帽《やまたかぼう》を拾《ひろ》いあげた。いまの騒《さわ》ぎで帽子《ぼうし》がそこまでふっとばされたのだ。

「なあ、おふたりさん」とナナフシがいった。「急《いそ》いで宮殿《きゅうでん》にもどる前に、ちょっといいかね？」彼《かれ》は近くにあるみすぼらしい工場《こうじょう》を身《み》ぶりで示《しめ》した。窓《まど》が割《わ》れ、ドアがはずれかけてぶらさがっている。「あそこにあるものを、ちょっと見ていきたい」

「そんな時間はない。それよりも……」カマキリ探偵はそこで言葉を切り、ひたいにしわをよせてナナフシを見つめた。「例《れい》の賭《か》けかね？　バグランド王国の三つの謎《なぞ》？」

「これが第二の謎だ」ナナフシはほほえみながら答えた。

「よろしい」カマキリ探偵は陰気《いんき》に答えると、ナナフシのあとにつづいて街路《がいろ》を渡《わた》り、こわれかけた建物《たてもの》に入った。

「むかし、ここは印刷《いんさつ》工場だった」薄暗《うすくら》がりの中を歩きながら、ナナフシは教えた。声がわーんと反響《はんきょう》した。「いまは見捨《みす》てられて、荒《あ》れ果《は》てるいっぽうだ」

カマキリ探偵《たんてい》とバッタ博士《はかせ》は、ナナフシの指《ゆび》さすほうを見あげた。大きな梁《はり》の上では、年とった彫版工《ちょうばんこう》のキクイムシがまだ木をかじりながら仕事《しごと》をつづけていた。

「さあ答えてくれ、探偵さん」とナナフシがいった。「あの彫版工はあそこになにを書いたのか？　あの象形文字《しょうけい》にはどんな意味《いみ》がある？」

カマキリ探偵は、老《ろう》彫版工が彫《ほ》りあげている奇妙《きみょう》なのたくり模様《もよう》を見あげた。「意味？　あんなものにはなんの意味もないよ。目的《もくてき》のない落書《らくが》きだ」

ナナフシは背《せ》すじを反《そ》らして上を見あげると、大声で呼《よ》びかけた。「こんにちは！」

「え？」年とった彫版工は梁の上で向きを変《か》え、下を見おろした。

ナナフシはカマキリ探偵とバッタ博士を指さした。「われわれは新聞社のものです。あなたが彫られた模様にどんな意味があるのか、それを知りたいんですが」

彫版工は仕事を中断《ちゅうだん》し、しばらく黙《だま》りこくって三人を見おろした。それから、いまきたほうをふりかえり、自分が彫りあげた、くねくねした奇妙な唐草《からくさ》模様をながめた。夢《ゆめ》うつつのような目つきだった。やがて、うす暗《ぐら》いドームの中に年老《としお》いたかすれ声《ごえ》がこだました。

「これは物語さ——わしの一生《いっしょう》のな」

キクイムシは下を向いてふたたび仕事にもどり、木をかじりはじめた。

ナナフシがわきに目をやったが、すでにカマキリ探偵《たんてい》はきびすを返《かえ》し、戸口《とぐち》へと歩きだしていた。

「公爵夫人《こうしゃくふじん》、ささやかな贈《おく》り物を受けとってくださるとありがたいんですが」年はとってもまだあでやかな貴婦人《きふじん》に、バッタ博士《はかせ》は花束《はなたば》をさしだした。カマキリ探偵とナナフシも、公爵夫人のご機嫌《きげん》をとり結《むす》ぼうと、博士にならっておじぎをした。

公爵夫人は花束の香《かお》りをかぎ、そこはかとない微笑《びしょう》をうかべた。どうやら三人は許《ゆる》されたようだ。

「これはどういうことですの？」と彼女《かのじょ》はなまめかしくたずねた。「あなたがたの奇妙《きみょう》な行動《こうどう》の理由《りゆう》を、いまからこのわたくしに明かしてくださるわね？」

カマキリ探偵が一歩前に出た。「公爵夫人、それを説明《せつめい》しますと、かえって謎《なぞ》の上に謎が重《かさ》なる結果《けっか》になりかねません。不幸《ふこう》にも、国王陛下《へいか》はある宝物《たからもの》を失《うしな》われました。それをとりもどすため、われわれ三名は、今夜宮殿《きゅうでん》でひらかれるスズメバチ飛行中隊《ひこうちゅうたい》の晩餐会《ばんさんかい》にぜひ出席《しゅっせき》したいのです。それだけでなく、ナプキンを取《と》り替《か》えることも必要《ひつよう》です」

「ナプ……キンを？」

「スズメバチ広間《ひろま》で使《つか》われるナプキンは紙製《かみせい》です。今夜はそれを絹製《きぬせい》のナプキンに交換《こうかん》しなくてはなりません」ふたたびカマキリ探偵《たんてい》は貴婦人《きふじん》のさしだす手の上に背《せ》をかがめた。「公爵夫人《こうしゃくふじん》、われわれ三名と手を組んでいただけませんか。なによりもあの――王冠《おうかん》をとりもどすために」

ハンミョウ公爵夫人の目は大きく見ひらかれ、花束《はなたば》が腕《うで》からするりと下に落《お》ちた。「王冠？」と信《しん》じられないかのように声をもらした。

「絹のナプキンをお願《ねが》いします」カマキリ探偵は優《やさ》しくいった。「お手持ちの品《しな》をお貸《か》しください。スズメバチ飛《ひ》行中隊《こうちゅうたい》の全員《ぜんいん》にいきわたるだけの数を」

「ええ、いいですとも」と公爵夫人は答えた。

バッタ博士《はかせ》は燕尾服《えんびふく》に黒の蝶《ちょう》ネクタイの正装《せいそう》で、大きな銀の盆《ぼん》を捧《ささ》げて宴会場《えんかいじょう》に入った。「どうぞ」と声をかけながら、スズメバチの中隊長《ちゅうたいちょう》のグラスに甘露《かんろ》をついだ。テーブルのもう一端《いったん》では、やはりウエイターの服装《ふくそう》で、カマキリ探偵とナナフシが飛行中隊の面々《めんめん》に甘露をついでまわっていた。美しい女性隊員《じょせいたいいん》たちはグラスのへりを打ちあわせ、中隊長に乾杯《かんぱい》した。客《きゃく》たちが雑談《ざつだん》をはじめ、カマキリ探偵と、ナナフシと、バッタ博士は料理《りょうり》をすすめてまわった―

──甘露《かんろ》や、バラの花びらや、蜂《はち》パンのお代《か》わりが運《はこ》びこまれた。

スズメバチの女性隊員《じょせいたいいん》たちの目は輝《かがや》き、黄と黒の横縞《よこじま》の制服《せいふく》がよく似合《にあ》う。ブンブンという笑《わら》い声《ごえ》、誇《ほこ》り高く、勇敢《ゆうかん》で、王室《おうしつ》への忠誠心《ちゅうせいしん》にあふれたまなざし。甘露がくみかわされるにつれて、話し声はいっそうにぎやかになり、料理《りょうり》がつぎつぎに運ばれてきた。ナプキンが広げられ、女性隊員たちは上品《じょうひん》に手をぬぐい、唇《くちびる》にあて、やがて……

「あそこだ」

カマキリ探偵《たんてい》が鋭《するど》くナナフシにささやき、ふたりはそっちに目を向けた。ある女性《じょせい》隊員の使《つか》ったナプキンに、とつぜん茶色のしみが出現《しゅつげん》したのだ。そのしみはどんどんひろがり、ナプキンはたちまちぼろぼろになった。問題《もんだい》の女性隊員はめんくらったようにあたりを見まわしてから、急《いそ》いでナプキンを投《な》げすてた。

「あの女だ」カマキリ探偵は調理場《ちょうりば》の戸口《とぐち》から、エンマムシ警部《けいぶ》に呼《よ》びかけた。

背《せ》の高いシェフ帽《ぼう》に白いエプロン姿《すがた》の警部が、宴会場《えんかいじょう》にとびこんできた。

「おまえを逮捕《たいほ》する」と警部がいった。「王冠《おうかん》を盗《ぬす》んだ容疑《ようぎ》だ」

相手《あいて》はぱっと飛《と》びあがり、イスがうしろに倒《たお》れた。

「近づくな！」容疑者《ようぎしゃ》の女性隊員は弓のように体を折《お》り曲げ、針《はり》で刺《さ》す構《かま》えをとった。

「彼女《かのじょ》は刺《さ》さないよ、エンマムシ警部《けいぶ》」カマキリ探偵《たんてい》は静《しず》かにいった。「針《はり》がないからね。じつをいうと、彼女はスズメバチじゃない。スカシバというガだ」
テーブルから立ちあがった本物の女性隊《じょせいたい》員《いん》たちは怒《いか》りに燃《も》えていた。もしエンマムシ警部とカマキリ探偵が制止《せいし》しなかったら、かよわいスカシバはひと刺しのもとに殺《ころ》されていたかもしれない。
「あたしはあの一味《いちみ》に加《くわ》わりたくなかったんです」いままでのきびしい軍人的《ぐんじんてき》な態度《たいど》はあとかたもなく、スカシバはすすり泣《な》いた。「むりにやらされたんです」
「だれにやらされた？」エンマムシ警部がたずねた。

「ハナアブです！　あいつらは王冠《おうかん》を盗《ぬす》む計画《けいかく》を立てると、あたしを探《さが》しだして手伝《てつだ》わせました。あたしがスズメバチそっくりに擬《ぎ》態《たい》できるから」スカシバが羽を動《うご》かすと、その姿《すがた》は飛行《ひこう》中隊《ちゅうたい》の面々《めんめん》とそっくりになった。「あいつらは王冠を盗みだして、隠《かく》したんです」

　エンマムシ警部《けいぶ》がたずねた。「そのハナアブどもはどこにいる？」

「庭園《ていえん》の中だ」カマキリ探偵《たんてい》が答えた。「生まれつきの擬態で――ミツバチの姿をまねているんだ。そうだろう、きみ？」

「はい」すすり泣《な》きながら、スカシバは答えた。「あいつらは、つぎつぎに使用人《しようにん》の中にまぎれこんで……」

「つまり」と警部はさけんだ。「庭園の中にいるあのミツバチたちは、じつは……ミツバチじゃなかったのか？」

「彼《かれ》らを逮捕《たいほ》するときは羽をよく見たほうがいい」とカマキリ探偵が教えた。「ミツバチの羽は二対《つい》だが、ハナアブの羽は一対《いっつい》しかないんだ。警部、これが例《れい》の〝小さい問題《もんだい》〟だよ」

　警部は部下《ぶか》たちに命《めい》じた。「ハナアブどもを全員《ぜんいん》逮捕だ！　いいか、羽が二対でなく、一対《いっつい》のやつを探せ！」

　スズメバチの中隊長《ちゅうたいちょう》が、目を怒《いか》りに燃《も》えたたせながら進《すす》みでた。「わたしたちがやつらを一《いっ》斉検挙《せいけんきょ》します」

光る剣《けん》がひらめき、恐《おそ》ろしいうなり声《ごえ》が宴会場《えんかいじょう》にこだまするのといっしょに、スズメバチ飛《ひ》行中隊《こうちゅうたい》の全員《ぜんいん》が戸口《とぐち》へ急《いそ》いだ。

バッタ博士《はかせ》はあいたテーブルにウエイターの盆《ぼん》をおき、大きなデザートの皿《さら》の正面《しょうめん》にあるイスにすわった。

「このアリマキのアイスクリームをみすみすむだにすることはないよ、そうだろう？　そう、わたしはそう思う」

博士はいうと、おいしいデザートの中にスプーンをつっこんだ。

「でも、どうしてそのにせものがガで、彼女《かのじょ》のナプキンが茶色に変《か》わるとわかったのですか？」とハンミョウ公爵夫人《こうしゃくふじん》がたずねた。

カマキリ探偵《たんてい》はバッタやナナフシといっしょに、宮殿《きゅうでん》の門のわきで立ちどまった。

「スズメバチの擬態《ぎたい》をする昆虫《こんちゅう》は何種類《なんしゅるい》かいますが、いちばん真《しん》にせまっているのはスカシバというガです。その演技《えんぎ》には、小鳥やヒキガエルさえだまされます。しかし、絹《きぬ》が唯一《ゆいいつ》の弱点《じゃくてん》でして……」

「あら、それはまたどうして？」

「絹糸《きぬいと》で作られた繭《まゆ》から出てくるとき、ガは強力な唾液《だえき》を出します。その唾液で絹が柔《やわ》らかくなるため、ガは繭から外に出られるのです。そのとき、絹に茶色のしみができます。スズメバチ飛行《ひ》中隊《こうちゅうたい》の全員《ぜんいん》に絹のナプキンを使《つか》わせ、それにしみが現《あら》われるのを待《ま》つことにしたのはそういうわけです。思ったとおり、しみは現われました。スカシバの唇《くちびる》から」

「まあ、なんとすばらしい！　いったいそんな知識《ちしき》をどこから掘《ほ》りだしたのです？」

「そのとばっちりで、わたしは図書館カードを没収《ぼっしゅう》されましたよ」バッタ博士《はかせ》がくやしそうに口をはさんだ。「おかげで、連載《れんさい》マンガの載《の》った日曜版《にちようばん》の新聞を買わなくちゃなりません。図書館で読めばタダだというのに」

「カードはきっとそのうちに返《かえ》してもらえますわよ、先生」と公爵夫人《こうしゃくふじん》がいった。

「むりです。カマキリくんがあれだけの大騒《おおさわ》ぎをやらかしたあとでは」

宮殿《きゅうでん》の衛兵《えいへい》がカチッと靴《くつ》のかかとを合わせた。「閉門《へいもん》時間です。外来者《がいらいしゃ》のかたはおひきとりください」

「わかった、いま帰るところだよ」とカマキリ探偵《たんてい》はいった。「ではごきげんよう、公爵夫人。お目にかかれて光栄《こうえい》でした」

「バグランド王国の王冠《おうかん》は無事《ぶじ》にもどりました」公爵夫人《こうしゃくふじん》はこうこうと輝《かがや》く宮殿《きゅうでん》の明かりを指《ゆび》さしていった。「もう、二度となくなることはないでしょうね」

「そう願《ねが》っております。一度だけでじゅうぶんです」

ゆっくりと大きな門がとざされ、三人は明るくともされた街灯《がいとう》の下へと出ていった。もうそこは宮殿ではなく、ふだん住《す》んでいる街《まち》だった。

カマキリ探偵《たんてい》がナナフシをふりかえっていった。「ひょっとすると、いつもの喫茶店《きっさてん》でチェスのテーブルが空《あ》いてるかもしれない」

「よしきた」とナナフシがいった。「しかし、この近辺《きんぺん》を離《はな》れる前に、わたしがまだ宵《よい》のうちに見つけたものをきみに見せたいんだがね。すぐこの先の茂《しげ》みの中だ」

「またエンマムシ警部《けいぶ》じゃないだろうな？」とカマキリ探偵が聞きかえした。

「まさか」ナナフシは茂みをかきわけながら答えた。「エンマムシ警部よりはるかにうまく姿《すがた》を隠《かく》しているものだ」

カマキリ探偵とバッタ博士《はかせ》は影《かげ》の中をのぞいた。そこには、とてもおごそかで、とても静《しず》かで、まったく動《うご》かないものがいた。そのながめはありふれたものだったが、三人はうっとりとそれをながめた。この世界のすべてのながめの中でも、昆虫《こんちゅう》のサナギほど彫刻《ちょうこく》のように美しいものはほかにないからだ。

サナギは三人の目の前にぶらさがっていた。聖《せい》なる頭巾《ずきん》で頭を包《つつ》み、両腕《りょううで》を胸《むね》の上に組んだ沈黙《ちんもく》の寝《ね》ずの番《ばん》の姿《すがた》は、神々《こうごう》しいほどだった。なかば隠《かく》れた両眼《りょうめ》は、ミイラの仮面《かめん》の中から永《えい》遠《えん》を見とおしているように思えた。

「聞かせてくれ。眠《ねむ》っているサナギはどんな夢《ゆめ》を見ているのだろう?」ナナフシがそのミイラから目を上げていった。「わが友よ、これがバグランドの第三の、そして最大《さいだい》の謎《なぞ》だよ」

カマキリ探偵《たんてい》は影《かげ》の中から静《しず》かに答えた。「それは……知りようがないな」

ナナフシはもう一度茂《しげ》みをもとにもどし、親友の肩《かた》に優《やさ》しく手をおいた。

「じゃ、行こうか。たしかにいつもの喫茶店《きっさてん》でテーブルをかこむ時間だ」ナナフシはバッタ博《はか》士《せ》に向きなおった。「きみもいっしょにくるかね、博士?」

「ああ、いいとも。もちろんんだ」

眠っているサナギを深《ふか》い秘密《ひみつ》の夢の中に残《のこ》して、三人の親友はくねくねした街路《がいろ》を歩きだした。

虫の国の探偵《たんてい》コンビ——訳者《やくしゃ》あとがき

名《めい》探偵といえばシャーロック・ホームズ。百年以上《いじょう》も昔《むかし》にイギリスの作家《さっか》アーサー・コナン・ドイルが創《つく》りだしたこの人物《じんぶつ》は、その後何冊《ごなんさつ》もの長篇《ちょうへん》と短篇集《たんぺんしゅう》を通《つう》じて、全世界《ぜんせかい》の読者《どくしゃ》にしたしまれてきました。いや、本の世界だけではありません。これまでに何度も映画化《えいがか》されたほか、本国《ほんごく》のイギリスで製作《せいさく》されたテレビドラマ・シリーズ〈シャーロック・ホームズの冒険《ぼうけん》〉は、日本でもＮＨＫから放映《ほうえい》されてファンを喜《よろこ》ばせました。また、約《やく》二十年前にテレビ朝日系《けい》で放映されたアニメの〈名探偵ホームズ〉も忘《わす》れられません。こちらは宮崎《みやざき》駿《はやお》監督《かんとく》の手になる劇場版《げきじょうばん》が〈風の谷のナウシカ〉と同時上映《じょうえい》され、現在《げんざい》ではＤＶＤにもなっています。

さて、アニメの〈名探偵ホームズ〉は、ホームズの物語を犬の世界におきかえたものでしたが、本書《ほんしょ》『名探偵カマキリと5つの怪事件《かいじけん》』は、題名《だいめい》からもおわかりのように、全体《ぜんたい》をそっくり昆虫《こんちゅう》の世界に移《うつ》しかえた、風変《ふうが》わりでたのしいミステリです。原作《げんさく》は一九八三年に出版《しゅっぱん》され、作者《さくしゃ》コッウィンクルの代表作《だいひょうさく》のひとつにかぞえられています。

舞台《ぶたい》は百年前のロンドンを思わせる昆虫《こんちゅう》王国バグランドの都《みやこ》。その古い街《まち》なみを背景《はいけい》に、痩《や》せぎすでのっぽなところまでホームズそっくりの名探偵《めいたんてい》カマキリが、5つの怪事件《かいじけん》を得意《とくい》の推理《すいり》で解決《かいけつ》していきます。見逃《のが》せないのは、ホームズの親友ワトソン博士《はかせ》に相当《そうとう》する、ポップコーンが大好《だいす》きな、食いしんぼうのバッタ博士との名コンビぶり。空腹《くうふく》をがまんしながら、探偵のよき相棒《あいぼう》として奮闘《ふんとう》するバッタ博士の涙《なみだ》ぐましい努力《どりょく》は、アカデミー助演賞《じょえんしょう》をさしあげたいほどです。また、特徴《とくちょう》のある昆虫のキャラクターがつぎつぎに登場《とうじょう》し、その生態《せいたい》がうまく物語にとりこまれているところも、どうかお見逃しなく。


作者《さくしゃ》のウィリアム・コツウィンクルは、一九三八年にアメリカのペンシルヴェニア州《しゅう》に生まれ、ペンシルヴェニア州立《しゅうりつ》大学で学びました。ニューヨークのグリニッチ・ビレッジにあるカフェでの夜勤《やきん》のコックとか、小さい新聞の記者《きしゃ》とか、さまざまな職業《しょくぎょう》を経《へ》たあと、小説《しょうせつ》を書きはじめ、一九七六年に発表《はっぴょう》した『Dr. Rat（ラット博士）』は世界幻想文学大賞《げんそうぶんがくたいしょう》に輝《かがや》きました。これはある大研究所《だいけんきゅうじょ》の実験用《じっけんよう》ラットの口から語《かた》られる物語で、動物解放運動《かいほううんどう》（動物実験に反対《はんたい》する運動）の支持者《しじしゃ》であるこの作者らしい主張《しゅちょう》のこもった作品《さくひん》です。

コツウィンクルの著書《ちょしょ》は現在《げんざい》までに数十冊《さつ》あり、子供《こども》向きの本から、ミステリ、ファンタジー、普通小説《ふつうしょうせつ》、詩集《ししゅう》まで広い範囲《はんい》にまたがっていますが、なんといっても彼《かれ》の名を一躍有名《いちやくゆうめい》にしたのは、スティーヴン・スピルバーグ監督《かんとく》の傑作映画《けっさくえいが》〈E．T．〉のノベライゼーションでしょう。この作品《さくひん》は映画脚本《きゃくほん》の小説化《か》という制約《せいやく》を乗《の》り越《こ》えるすばらしい出来《でき》ばえで、アメリカでは三百万部《ぶ》の大ベストセラーとなりました。日本では新潮文庫《しんちょうぶんこ》から刊行《かんこう》されて、映画の公開《こうかい》から二十年経《た》ったいまも読まれています。そのほか、これまでに翻訳《ほんやく》された本には、『時のさすらい人《びと》』（一九八九年、早川書房《はやかわしょぼう》）、『ファタ・モルガーナ』と『ホット・ジャズ・トリオ』（どちらも一九九一年、福武書店《ふくたけしょてん》）などがあります。

動物好《ず》きのコツウィンクルは、メイン州《しゅう》の海岸《かいがん》で二十五エーカーの森に囲《かこ》まれたソーラーハウスに、やはり小説家《か》である奥《おく》さんのエリザベス・ガンディーと暮《く》らしています。それ以前《いぜん》の夫妻《ふさい》は、メイン州のすぐお隣《となり》、カナダのニュー・ブランズウィック州で農家《のうか》を買いとって住《す》んでいたのですが、ある年のハロウィーンの夜、火事《かじ》で家が全焼《ぜんしょう》して、まる一年間、電気も水道もない掘《ほ》っ立《た》て小屋《ごや》での生活を強《し》いられました。もちろん、書きかけの原稿《げんこう》も灰《はい》。

この苦《にが》い経験《けいけん》にこりて、家を留守《るす》にするときは、原稿を書類《しょるい》カバンに入れて木の根《ね》っこに隠《かく》しておくのが夫妻の習慣《しゅうかん》になりました。こうしておけばかりに火事が起《お》きても無事《ぶじ》だからです。ところが、ある日、買い物から帰ってくると、だいじなカバンがない！　探《さが》しまわったあげく、やっと森の中で見つかったものの、カバンは爪《つめ》のひっかき傷《きず》だらけ、まわりはクマのウンコの山。しかし、ころんでもただでは起《お》きない作者《さくしゃ》は、この出来事《できごと》をもとにして、一九九六年に『The Bear Went Over the Mountain（クマの山越《ご》え）』という小説《しょうせつ》を書きあげました。メイン州《しゅう》の森でカバンにはいった原稿《げんこう》を見つけたクマが、中身《なかみ》を読んですっかり気に入り、売り込《こ》みのためにニューヨークの出版社《しゅっぱんしゃ》をめぐり歩くという愉快《ゆかい》な物語です。

そういえば、本書《ほんしょ》を書きあげたころのコツウィンクルはまだカナダ住《ず》まいで、何日も何日も裏庭《うらにわ》にすわりこんでは、ひたすらコオロギの生態《せいたい》を観察《かんさつ》していたということです。

本書の翻訳《ほんやく》にあたっては、早川書房編集部《はやかわしょぼうへんしゅうぶ》のアカボシテントウとダイコクコガネ、じゃなかった、赤星絵理《あかぼしえり》さんと大黒《だいこく》かおりさんから適切《てきせつ》な助言《じょげん》と協力《きょうりょく》をいただき、おかげでスムーズにたのしく仕事《しごと》ができました。また串井《くしい》てつお画伯《がはく》は、ユーモアたっぷりの美しいイラストでこの本を飾《かざ》ってくださいました。ここに記《しる》して厚《あつ》くお礼《れい》を申《もう》しあげます。

二〇〇二年十月

訳者《やくしゃ》

虫の国の探偵コンビ——訳者あとがき

早川書房の児童書〈ハリネズミの本箱〉

名探偵《めいたんてい》カマキリと5つの怪事件《かいじけん》

二〇〇二年十一月十五日　初版発行
二〇〇五年三月三十一日　再版発行

著　者　ウィリアム・コツウィンクル
訳　者　浅倉久志《あさくらひさし》
発行者　早川　浩
発行所　株式会社早川書房
東京都千代田区神田多町二ノ二
電話　〇三-三二五二-三一一一（大代表）
振替　〇〇一六〇-三-四七七九九
http://www.hayakawa-online.co.jp
印刷所　株式会社精興社
製本所　大口製本印刷株式会社

乱丁・落丁本は小社制作部宛お送り下さい。
送料小社負担にてお取りかえいたします。

Printed and bound in Japan
ISBN4-15-250003-4　C8097

早川書房の児童書〈ハリネズミの本箱〉

おはなしは気《き》球《きゅう》にのって

ラインハルト・ユング
若松宣子訳
46判上製

世界を旅《たび》するおはなしたち

ひっそりとくらす作家《さっか》のバンベルトが十一のおはなしを小さな気球《ききゅう》につけて飛《と》ばしました。楽しいおはなし、こわいおはなし、ふしぎなおはなし。どれも心をこめて書いたものです。やがてひろった人たちから返事《へんじ》がきました！